あるいは誰かのユーウツ

Someone's Melancholy

天川栄人

Tenkawa Eight

講談社

あるいは誰かのユーウツ

目次
Contents

人《にん》魚《ぎょ》姫《ひめ》の憂《ゆう》鬱《うつ》……5
赤い繭《まゆ》……33

私《わたし》はフリーダ …… 61
三段《だん》ホックとナベシャツ …… 93
誰《だれ》のことも好きじゃない …… 129
NO MEANS NO《ノーミーンズノー》 …… 175

人《にん》魚《ぎょ》姫《ひめ》の憂《ゆう》鬱《うつ》

月曜の放課後、昇降口《しょうこうぐち》で声をかけられた。

「あれ、悠太《ゆうた》。何してるの？」

振《ふ》り返《かえ》ると、掃除《そうじ》用具入れの脇《わき》んとこに、あかりが立っていた。

「あか……波越《なおお》」

小学校のころの癖《くせ》で名前で呼《よ》ぼうとして、慌《あわ》てて名字で言い直す。

同級生のうち唯一同小《ゆいいつおなしょう》の、波越あかり。そばかすの散った白い肌《はだ》に、肩《かた》までの髪《かみ》が、梅《つ》雨《ゆ》どきの湿気《しっけ》で少しうねっている。右手には、鈍《にぶ》い金色のトランペット。

「今日、月曜でしょ。音楽室、合唱部が使う日じゃん」

あかりたち吹奏楽部《すいそうがくぶ》と我《われ》らが合唱部は、放課後の音楽室使用権《しようけん》を奪《うば》い合《あ》う宿敵《しゅくてき》だ。片方《かたほう》が音楽室を使っている間、もう片方は空き教室や廊下《ろうか》での練習に甘《あま》んじることになるのだが、特に今日みたいなクソ蒸《む》し暑《あつ》い日は、廊下練は地獄《じごく》の様相を呈《てい》する。

あかりの言うとおり、本当ならオレは今ごろ、冷房《れいぼう》の効《き》いた音楽室に陣取《じんど》り、渡《わた》り廊下《ろうか》でゆであがる罪人《ざいにん》たちを見下ろして、『蜘蛛《くも》の糸《いと》』ごっこに興《きょう》じているはずだった。

が、今日はそうはいかない。

「もう帰る。合唱部は休み」

「へえ。なんで？　何か用事？」

そこであかりはちょっとふらつき、脇《わき》に挟《はさ》んでた楽譜《がくふ》入れケースを落っことした。あかりがそれを拾う間、いったんトランペットを持っていてやる。思ってたより軽い。

あかりにトランペットを返してから、オレは答えた。

「やる気なくて練習サボってたら、一週間部活禁止食《きんしく》らった」

「えっ、本当に？　シバセン厳《きび》しすぎない？」

「ソプラノパートの中で誰《だれ》が一番高くスーパーボール跳《は》ねさせられるか競《きそ》ってたら、めっちゃ怒《おこ》られた」

「悠太……」

あかりは眉《まゆ》を八の字にし、残念なものを見るときの顔をした。

「しっかり反省しなさい。あんた、もう中二でしょ」

「お前も中二だろ」

オレが言うと、あかりは苦笑《くしょう》した。窓《まど》ガラスに反射《はんしゃ》した光が、生白い肌《はだ》を照らす。

「ていうかあかり、ちょっと顔色悪くね？」

「え、そう？」

あかりはゆるくまばたきした。うん、やっぱり顔色悪い。

「血の気なさすぎ。幽霊《ゆうれい》みたいな顔してんぞ」

「言い方あるでしょ」

あかりはオレの肩《かた》をぽかりと殴《なぐ》ると、

「いいから悠太は反省しなさい。私《わたし》これからパー練だから。じゃあね！」

そう言って、足早に去っていった。

ちぇっ。

オレは靴箱《くつばこ》から運動靴《うんどうぐつ》を取りだし、乱暴《らんぼう》に床《ゆか》に放る。どっちとも裏《うら》を向く。

ちぇっ。ちぇっ。

そりゃ、真面目に練習してなかったオレも悪いよ。でも部活禁止《きんし》はひどくね？

『悠太、お前もそろそろ大人になれ。今はお前にとっても、とても大事な時期なんだぞ。いつまでも逃《に》げてはいられないんだ。いい機会だから、少し休んで、きちんと自分の声と向き合いなさい』

シバセンはそう言ったけど、正直意味わかんねー。

大人になれって何だよ。こちとらまだ中二だっつーの！

でもたしかに、この中学って、なんか大人っぽい子が多い気がする。大人っぽいっていうか、大人しい？　落ち着いてる？　っていうか。

あーあ。県立の中高一貫校《いっかんこう》なんか来るんじゃなかった。

兄貴《あにき》が卒業生だからって理由でなんとなく中学受験して、なんとなく受かっちゃった。成績《せいせき》はそこまでよくなかったけど、地域《ちいき》の合唱団《がっしょうだん》で歌ってたのが効《き》いたらしいわ。

でも正直、小学校の友達と一緒《いっしょ》に学区の中学に進んだほうが絶対《ぜったい》よかったな。あっちなら家からも近いし。まあド田舎《いなか》だけど。

だって中学受験するようなやつらってさあ、なんかみんな優等生然《ゆうとうせいぜん》としてて、合わないんだよな。うちの中学は学区がないから、生徒はいろんな地域から通ってるんだけど、とはいえだいたいは都市部のマンションに住んでて、帰りに中央駅前で遊んだりしてんの。こちとら駅とは真逆《まぎゃく》の田んぼのド真ん中から、片道《かたみち》五十分もかけてチャリ通してますけど。バカみてー。

小学校のころはよかったなあ。「子どもっぽい」こと、全力でできた。放課後はみんなでギャーギャー言いながら一生マイクラとかしてさ。

あと、最高だったのがトイレ戦争。トイレの個室《こしつ》の中と外で分かれて、外からは水、中からはトイレットペーパーで攻撃《こうげき》し合うやつ。先生にはめちゃくちゃ怒《おこ》られたけど、死ぬほど楽しかったわけ。

でも今のクラスでそんなことしてみろ。白い目で見られるだけだね。

いや、土岐《とき》ならギリ乗ってくれるか？　でも藤《ふじ》は絶対《ぜったい》無理だね。あいつは大人通《とお》り越《こ》してもはや老人って感じだし。なんかいつも斜《しゃ》に構《かま》えててさ、オレのこと、ことあるごとに「子どもっぽい」って目で見てくんだもん。

あーあ。

だいたい、合唱も最近つまんない。どうもうまく声が出せないっていうか、前みたいに歌えなくて、気合が入らないんだよな。これが俗《ぞく》にいうスランプってやつ？

来るなって言うなら行かんし。合唱部なんか別にやめたっていいし。いやまあ、やめろとまでは言われてないけど。

あー、イライラする。

なんだか喉《のど》がかゆい気がして、首を撫《な》でる。手のひらに汗《あせ》がにじんで、気持ち悪い。

家に帰ってベッドにダイブ。イヤホンを耳に突《つ》っ込《こ》み、スマホで動画サイトを開く。

そうそう、合唱部がなくたって、歌う場はあるんだよ。

ネットでのオレの名前は、Ｕｔａ。

動画サイトにボカロ曲の「歌ってみた」動画を上げている、いわゆる歌い手だ。

「次は何歌おうかな……」

きっかけは、大学でメディア学を専攻《せんこう》してる兄貴《あにき》に頼《たの》まれたことだった。

動画編集《へんしゅう》の課題か何かで、兄貴はそこそこ聴《き》けてなるべく安く使える歌声を探《さが》してた。

そこで白羽の矢が立ったのが、小学校のころから合唱をやってた、オレ。

練習がてら軽い気持ちで歌声を提供《ていきょう》したところ、ボーイソプラノが珍《めずら》しいのか、学科でやけに話題になったらしい。調子に乗ってネットに上げたら、これもまた評判《ひょうばん》上々。で、味を占《し》めた兄貴の手により、あれよあれよという間に、歌い手に仕立て上げられていたというわけだ。

だけど、これがまあ、悪くない。

兄貴がバイト代はたいて買ってきたゴッツい機材たちに囲《かこ》まれてると、本当にスタジオで歌ってるような気分になるし、ミキシングとかなんとか、オレにはさっぱりわからんけど、自分の声がちゃんと編集されて、綺麗《きれい》な動画になるって、やっぱ感動する。

あと、ボカロ曲ってのがいいよな。

合唱曲って、心の翼《つばさ》がどうだとか愛のメッセージがなんだとか、やたら壮大《そうだい》で謎《なぞ》に抽象《ちゅうしょう》的《てき》っていうか、なんか恥《は》ずかしい。シバセンは「歌詞《かし》を汲《く》み取《と》って！」とか言うけど、いや無理、汲み取れねー。心の翼《つばさ》広げたことねー。

その点、ボカロ曲は物語があってわかりやすいし、かっこいいのが多い。

ま、実際《じっさい》は、著作権《ちょさくけん》がドーノコーノで、許諾《きょだく》なしで音源配布《おんげんはいふ》してくれるボカロPの曲が使いやすいっていう事情《じじょう》らしいけど。

なんにせよ、オレにはボカロ曲が合ってる。

オレはもともと声が高いから、女声のボカロ曲でも原キーでふつうに歌えてしまう。顔出しこそしないものの、「声がイイ」「高音神」なんてコメントもらうと、そりゃ嬉《うれ》しい。

必死こいて練習なんかしなくても、そこそこ褒《ほ》めてもらえる。それなりに再生《さいせい》回数はあるけど、アンチが湧《わ》くほどの知名度はない。今ほんと、ちょうどいいんだよな。

それと……。

「あ、ｍｉｏさんの新作上がってるじゃん！」

それと、最近気になってるのが、ｍｉｏさんっていう歌い手。

舌《した》ったらずな甘《あま》い声、ツインテールの女の子のイラスト。アニメみたいな歌声が、ほんと、マジで、めちゃくちゃかわいい。

オレは音量を上げ、目を閉《と》じて、ｍｉｏさんの歌声をじっくり聴《き》く。

この声の感じ、たぶん中学生くらいだろう。実は同い年だったりして。いや、もしかしたら年下かも？　親の管理なら、小学生でもアカウント持ってる人いるしさ。

しかも。

『近所のケーキ屋さんのモンブラン♡』

数か月前、いつもは動画アップの告知《こくち》くらいしかしないｍｉｏさんのＳＮＳに、うっかりこんなつぶやきを見つけてしまったのだ。

そのケーキ屋は、うちの母さんの昔からのお気に入り。知る人ぞ知る（つまり全然有名とかではない）老舗《しにせ》のローカル店だ。

それって、つまり。

『ｍｉｏさんＴ市住みなんですか？　オレもです！』

たぎるテンションと勢《いきお》いでメッセージを送ってしまい、アホほど後悔《こうかい》すること数時間、

『Ｕｔａさん、こんにちは。いつも動画拝見《はいけん》してます。ご近所さんですね～』

なんと、ｍｉｏさんから返信があり、そのあとも案外、話がはずんじゃったりして。

いやいや、限《かぎ》りなく広いネットの海の中で、偶然《ぐうぜん》近くに住んでる、偶然同い年くらいの、偶然超《ちょう》タイプの声をした子と巡《めぐ》り合《あ》うなんてこと、ある？

これはもう、恋《こい》ですよ。声と声が繋《つな》ぐ恋ですよ！

動画が終わり、オレはガバリと身体《からだ》を起こした。

「何が『大人になれ』だ」

シバセンの言うことなんか聞いてられるか。

そう、今は練習より恋だ！　部活禁止《きんし》は、そういう啓示《けいじ》なのだ！

オレはたっぷりためらった後、送信ボタンを押《お》す。

『よかったら、今度会えませんか？』

……返信なし。

＊

金曜の晩《ばん》、夢《ゆめ》を見た。

そこは、深い深い、海の底。

暗く渦巻《うずま》く潮《しお》の中で、ときおりサンゴがあやしい燐光《りんこう》を放つ。

息苦しくはない。温かい波にゆったりと身を任《まか》せていると、ゆりかごの中にいるようで、安心する。

ただ、無性《むしょう》に喉《のど》がかゆい。

すると、目の前に突然《とつぜん》、海の魔女《まじょ》が現《あらわ》れた。

全身薄《うす》い鱗《うろこ》に覆《おお》われ、髪《かみ》は海藻《かいそう》のような緑色。口からぷかぷかと泡《あわ》を浮《う》かべながら、金色の瞳《ひとみ》でこっちを見ている。

「彼女《かのじょ》に会いたいか？」

その声は不思議な残響《ざんきょう》をともなって、海底を低く揺《ゆ》らした。

「会わせてやろうか。代わりに大切なものを失うことになるが」

オレは夢中《むちゅう》でうなずいた。

「いいんだな？　もう戻《もど》れないぞ」

魔女は薄く笑い、オレの喉元に、冷たい指先を当てた。

とたんに、目の前で波がうねり、突《つ》き上《あ》げるように海面に昇《のぼ》っていく。

パチン、と、泡《あわ》がはじける音がした。


で、土曜の朝。

慌《あわ》てて布団《ふとん》の中を確認《かくにん》するけど、大丈夫《だいじょうぶ》だった。一安心して、スマホを手に取る。

わ！　ｍｉｏさんからメッセージだ！

『二人で会うのは、ちょっと。でも、明日の日曜に、Ｔ市で歌のイベントがあるから、そこで会えるかも。お互《たが》い顔は知らないけど、声を聞けばわかるよね。詳細《しょうさい》はＵＲＬ送るから、興味《きょうみ》あれば』

よっしゃあ！

オレはベッドの上でガッツポーズをした。

ありがとう、海の魔女《まじょ》。これからはモズクも残さず食べます。

オレは太平洋に向かって合掌《がっしょう》した後、鼻歌なんか歌おうとして、そこで、固まる。

「……？」

声が、出ない。

「んっ、あー、あー……」

何度か咳《せき》をし、繰《く》り返《かえ》し唸《うな》ってみるけど、かすれて濁《にご》った音しか出ない。特に高音は絶《ぜっ》望的《ぼうてき》だ。なにより、発声しようとするだけで喉《のど》が痛《いた》む。

風邪《かぜ》でも引いたのかな。首をひねりかけて、ふと思い当たる。

——会わせてやろうか。

夢《ゆめ》の中の、魔女《まじょ》の言葉。

——代わりに大切なものを失うことになるが。

さあっと、血の気が引く。

——いいんだな？　もう戻《もど》れないぞ。

嘘《うそ》だろ。よりによって、なんで。

慌《あわ》てて喉に手を当てると、なんだか熱を帯びている気がした。

いやいや、そんなわけない。きっと気のせいだ。ちょっと調子が悪いだけ。

——そろそろ大人になれ。

ああもう、なんだって今、シバセンの言葉を思い出しちゃうんだよ。

身体《からだ》の底から、苦い後悔《こうかい》と焦《あせ》りが押《お》し寄《よ》せてくる。

——いつまでも逃《に》げてはいられないんだ。

やだやだ、やだね。逃《に》げるね、オレは。全力で。

それ以上考えたくなくて、オレはそこで思考の流れをせき止め、丁寧《ていねい》にふたをした。

とにかく今大事なことは、どうやってごまかすかだ。

魔女《まじょ》の呪《のろ》いで声が出なくなりました、なんて、誰《だれ》にも言えるわけない。

というわけで、急にだんまりになり、家の中でもマスク姿《すがた》を貫《つらぬ》き通《とお》すことにしたオレだけど……、

「ま、そういう時期もあるわよね」

「シシュンキって大変なー」

幸か不幸か、母さんも兄貴《あにき》も、生温かい視線《しせん》でへらへら笑うばかり。

くそ、くそ。

やさぐれた気持ちでスマホを見やり、そこで、ハッと気づく。

ちょっと待てよ。これ、かなりまずいんじゃないか？

オレとｍｉｏさんは、お互《たが》い、声しか知らない。

せっかくｍｉｏさんと会えるのに、こんな声じゃ、オレがＵｔａだってわかってもらえないじゃないか！

＊

どうすればいいか思いつかないまま、翌日《よくじつ》、日曜日。
まだ声は戻《もど》らない。かろうじて、しわがれた低い声が出るだけだ。
ベッドの上でのたうち回っているうちに、昼。
ｍｉｏさんの言っていたイベントは、午後一時からだ。
あああ、もう！
『中央駅前まで送ってください』
オレはメモ帳にそう書き、リビングでテレビを見ていた兄貴《あにき》に差し出した。
兄貴は眉《まゆ》をひそめる。
「は？　なんで。バス使えば？」
そう言われると思った。
オレはメモ帳に書《か》き殴《なぐ》っては兄貴に見せる。
『中央駅行きのバスは一時間に一本しかなくて』

『十二時台のバスは二分前に出たとこ』

『田舎《いなか》はクソ』

『つまり送ってください』

兄貴《あにき》は、なんだかよくわからないものを食べたらやっぱりなんだかよくわからない味だった、みたいな顔をして、

「……いいけど、代わりに説明しろよ。昨日からお前がなんでそんな面白《おもしろ》い感じになってるのか」

揺《ゆ》れる車内でメモ帳に経緯《けいい》を書き（夢《ゆめ》うんぬんは内緒《ないしょ》だ。オレにだって羞恥心《しゅうちしん》というものがある）、信号待ちの間に兄貴に見せる。

そして二十分後、中央駅前のロータリー。

サイドブレーキを引きながら、兄貴が言うことには。

「悠太、いらんこと言わんから引き返せ。しかるのちにｍｉｏさんはブロックしろ。お兄ちゃんは弟が会ったこともない他人にフラれるのなんか見たくない。一生ネタにしてしまうだろう」

ええい、うるさい。こうなったら当たって砕《くだ》けて泡《あわ》になる覚悟《かくご》だ。

オレは車を降《お》りた。

兄貴《あにき》は助手席の窓《まど》を開けると、こっちに身を乗り出して言う。

「ついでだし大学に顔出すわ。五時ごろ迎《むか》えに来るから、せいぜい頑張《がんば》れよ」

オレは黙《だま》ってうなずいた。


中央駅のコンコースを抜《ぬ》けて、階段《かいだん》を早足で降りる。

イベントが行われるのは、駅前の大型《おおがた》のショッピングモールだ。さすがは日曜、ずいぶんにぎわっている。買い物客の間を縫《ぬ》って進むと、人いきれとともに、たくさんの声が、さざ波のように耳をかすめていった。

「次は本屋に行こう」「この店見ていい?」「しーちゃん、こっち!」「急がないと映画《えいが》始まっちゃうよ」「一階に新しいカフェができて」「足が疲《つか》れた。もう帰ろうよ」「やっぱりさっきのスカート、買っとくべきだったかなあ……」

高い声、低い声、よく通る声、くぐもった声。世界は声にあふれている。声の出し方なんて、考えなくてもわかるものだと思ってたのにな。小さいころ海でおぼれたときみたいに、鼻の奥《おく》がツンと痛《いた》む。

そのとき、広場のほうからマイクのハウリング音が聞こえた。

「みなさーん、こんにちは！」

吹《ふ》き抜《ぬ》けになった広場に出ると、中央に舞台《ぶたい》が作られていた。

舞台の前のパイプ椅子《いす》の列は、もう結構《けっこう》埋まってる。オレは急いで隅《すみ》っこの席に腰《こし》を下ろした。

ステージの上では、コスプレみたいな服に身を包んだお姉さんが、マイクを手に、にっこり営業《えいぎょう》スマイルを浮《う》かべていた。

「トリトン・サマー・ライブにようこそ！　えー、このイベントはですね。私《わたし》たちの所属《しょぞく》するトリトンが毎年行っている……」

その声を聞きつつ、オレは席に置いてあったチラシをお尻《しり》の下から引《ひ》っ張《ぱ》り出《だ》す。

ふむふむ。どうやら、声優事務所主催《せいゆうじむしょしゅさい》のライブイベントみたいだ。

え？　っていうか、じゃあｍｉｏさんって、もう事務所に入ってるってこと？　プロじゃん。

しかし、プログラムを見ても、ｍｉｏという名前は見当たらない。芸名は違《ちが》うのかな。

とにもかくにも、声を聞かないことには。

オレは背筋《せすじ》を伸《の》ばし、新人と思《おぼ》しき若《わか》い声優《せいゆう》さんたちの歌を聴《き》き続《つづ》ける。

だけど……、聴けども聴けども、ｍｉｏさんらしき人は現《あらわ》れない。

特徴的《とくちょうてき》な声だし、何より中学生くらいの年なら、すぐにわかるはずだけど。

「えー、では、そういうことで、本日は本当にありがとうございました！」

困惑《こんわく》しているうちに、イベントは締《し》めに入る。

「これからも応援《おうえん》よろしくお願いします！　じゃあね～！」

拍手《はくしゅ》の音が場を包んだ。

えっ、本当に終わり？

まさか、からかわれたのかな。声を失った代償《だいしょう》がこれじゃ、浮《う》かばれんぞ。

観客がいなくなっても、なんとなく諦《あきら》めきれず、ズルズル居残《いのこ》ってしまう。

早いところ撤収《てっしゅう》作業《さぎょう》に移《うつ》りたそうなスタッフの圧《あつ》に耐《た》えきれず、さすがに立ち上がるけど、だからって行く当てがあるわけでもなく……。

未練がましく、舞台《ぶたい》の裏《うら》に回《まわ》り込《こ》んでみた、そのとき。

「はい、はい、そうですね。ちょっと確認《かくにん》してみます」

聞き覚えのある声がして、ドクンと胸《むね》が跳《は》ねた。

「はーい、お疲《つか》れ様《さま》です」

この甘《あま》ったるいアニメ声。間違《まちが》いなくｍｉｏさんだ！

オレは一度深呼吸《しんこきゅう》をして、小柄《こがら》な後《うし》ろ姿《すがた》に、声をかける。

「……ｍｉｏさん？」

永遠《えいえん》みたいな間の後。

振《ふ》り返《かえ》ったのは、

「はい？」

たしかにｍｉｏさんの声をした、二十代後半くらいの女性《じょせい》だった。

……えっ、大人？

戸惑《とまど》うオレの前で、その人は顔をぱあっと明るくした。

「あ、もしかして、Ｕｔａ君？」

「ち、違います！」

思わず嘘《うそ》をついたオレは……ほかならぬ自分の口から出た声に、ハッとする。

Ｕｔａじゃない。Ｕｔａなもんか。こんなかすれた、醜《みにく》い声。

何か言わなきゃいけないけど、何も言えない。

すると、ｍｉｏさんは困《こま》ったような顔で、

「ええっと。うちの事務所《じむしょ》に興味《きょうみ》持ってくれたのかな。少し話しますか？」

＊

ステージの縁《へり》に並《なら》んで腰《こし》かけ、渡《わた》された名刺《めいし》を見やる。

エンタテインメントエージェンシー・トリトン
総務部《そうむぶ》人事課　王子美青《おうじみお》

「え、事務方《じむかた》なの……なんですか？　声優《せいゆう》とか歌手じゃなくて？」

意外すぎて、かすれ声のまま尋《たず》ねる。

「よく言われる。こんな声だもんね」

ｍｉｏさん、もとい、美青さんは、いつもの鼻にかかった高い声で言った。

「昔は目指してたんだけど。私《わたし》には才能《さいのう》なかったみたい」

小さなころからアニメが大好きで、アニソン歌手になりたかった。

高卒で養成所に入って、事務所にも所属《しょぞく》して、毎日必死に練習して。

でも、もらえた仕事といえば、地方CMのテーマソングがいいところ。

「聞いたことない？　しんせ〜つ、ていね〜い、ナギサ不動産〜♪」

「いや、ちょっと。わかんないっす」

「だよねえ。あの会社、すぐ潰《つぶ》れちゃったし」

美青さんは苦笑《くしょう》した。

「ま、そういうわけで、あるときケリをつけて、サポート役に転向したの。今でも歌の配信はしてるけど、あくまで趣味《しゅみ》。歌を仕事にするのは諦《あきら》めたんだ」

そんな、そんなの。

こんなにかわいい声なのに。歌だって、ものすごくうまいのに。

「悔《くや》しくないんですか？」

「んー、まあね」

美青さんはあっさり認《みと》めた。

そして子どもみたいに足を投げ出し、宙《ちゅう》を仰《あお》ぐ。

「でも、本気で頑張《がんば》って頑張って頑張って、それでもダメだったんだから、仕方ない」

挫折《ざせつ》を語ってるはずなのに、美青さんの顔は澄《す》んだ空みたいに明るくて。

オレもつられて、上を向いた。

「すごいな」

声にならない声でつぶやく。

本気で頑張って頑張ったことなんて、オレ、ないかも。

むしろ、ずっと逃《に》げてきたから。真剣《しんけん》とか必死とか、結果とか責任《せきにん》とか。

あくまで子どもの遊びなんでって、自分に言《い》い訳《わけ》しながら、素人《しろうと》配信で生温《なまぬる》い賛辞《さんじ》に浸《ひた》ってるの、気持ちいいもんな。

でも、この温かい海を出ないと、見られない空もあるんだろうな。

猛《たけ》る海になぶられて、鱗《うろこ》がはがれる痛《いた》みに耐《た》えて、一歩ごとに苦い現実《げんじつ》を認《みと》めて。

そうやっていつか、二足歩行で陸に上がっていくことを、大人になるって、言うのかもしれん。

ああ、でも、やだなあ。

陸の重力を思うと、やっぱ怖《こわ》いよ。いつかは覚悟《かくご》を決めないといけないとしてもさ。

大人になりたい。なりたくない。

引き波と寄《よ》せ波《なみ》の間でゆらゆらしながら、オレは、
本当はわかってるんだ、オレは、もう、

「私《わたし》さ」

そのとき、声。

視線《しせん》を下げると、美青さんがこっちをまっすぐ見ていた。

「好きなんだよね、歌」

大きな瞳《ひとみ》に、吸《す》い込《こ》まれそうになる。

「Ｕｔａもでしょ？」

「え？」

一瞬《いっしゅん》、思考停止《ていし》する。

美青さんはいたずらっぽく笑い、ひらりとステージから降《お》りた。

「うち、高校生以上じゃないと雇《やと》えないの。ごめんね。あと、ネットの知り合いに簡単《かんたん》に会おうとか言っちゃダメだよ」

「あ、え……」

オレがＵｔａだって、とっくにバレてたんだ。

うわ、嘘《うそ》だろ。恥《は》ずかしすぎる。

オレはただ慌《あわ》てて、ざばざば目を泳がせながら、赤くなるやら青くなるやら。

美青さんは去《さ》り際《ぎわ》、一度振《ふ》り返《かえ》って、

「Ｕｔａ、声変わりしたんだね」

そう言った。

水面《みなも》を撫《な》でる日の光みたいな笑顔《えがお》で。

「その声も大事にしてね」


オレの馬鹿。

今の今まで気づかなかったなんて。

いや、本当はずっと気づいてた。でも、気づかないふりをしてた。

声変わりだよ。

魔女《まじょ》の呪《のろ》いなんかじゃ、なかったんだ。

約束の五時。東口の電器屋の前で、兄貴《あにき》に拾ってもらう。

「兄貴、カラオケ付き合って」

車に乗《の》り込《こ》むや、オレはかすれ声で言った。

「ダメ」

兄貴は左にハンドルを切り、

「声変わり中に大声出すと喉潰《のどつぶ》れるぞ」

くそ、気づいてやがった。

兄貴は何がおかしいのか、くすくす笑いながら、

「あーあ。もうお前のボーイソプラノで再生《さいせい》回数稼《かせ》げなくなるな」

なんて言う。

オレは助手席のシートに深く身体《からだ》を沈《しず》めた。

本当に、いつまでも逃《に》げてはいられないんだな。悔《くや》しいけど。

「兄貴」

「んー？」

「オレ、声が低くなっても歌うよ。合唱も続ける」

「そっか、頑張《がんば》れよ」

窓《まど》の外を流れる街灯の光が、ちかちか瞬《またた》いては消えて。

波に揺《ゆ》れる泡《あわ》みたいだった。

赤い繭《まゆ》

「波越《なお》さん。波越あかりさん」

火曜の昼休み、トイレ前の廊下《ろうか》。

「これ、落としたよ」

下坂《しもさか》が私《わたし》に手渡《てわた》したのは、生理用ナプキンだった。

「……は？」

私はギョッとして、下坂の手からそれを奪《うば》い取《と》る。

下坂は動じることもなく、スンとしていた。

嘘《うそ》でしょ。触《さわ》った？　ナプキンに？　男子が？

で、それを渡した？　私に？　公衆《こうしゅう》の面前で？

「下坂、あんたサイテー。先生に言うから」

一部始終を見ていた早記《さき》が早口で言《い》い募《つの》ると、下坂は、

「なぜ？」

と、首を傾《かし》げた。私はお腹《なか》の底のほうがキリキリ痛《いた》むのを感じた。

下坂はたしかに前から変なやつだけど、ここまでとは思わなかった。

「波越さん、大丈夫《だいじょうぶ》？　気分悪い？」

下坂が尋《たず》ねる。

私《わたし》は答えた。

「キモい」

＊

正常《せいじょう》な月経《げっけい》の経血量《けいけつりょう》は、二十～百四十cc。

持続日数は、三～七日。

それが毎月繰《く》り返《かえ》される。潮《しお》の満ち干きのように、規則的《きそくてき》に。私は今十四歳《さい》だから、たぶんこの先四十年くらい、ずっと。

生理中は、お腹《なか》の底に鉛《なまり》が埋《う》め込《こ》まれたみたいに身体《からだ》が重くなって、下半身を雑巾絞《ぞうきんしぼ》りされているような痛《いた》みが続く。人にもよるけど、私の場合、肌《はだ》が荒《あ》れて、お腹を下すし、激《はげ》しい運動をすると吐《は》いちゃうこともある。

吹奏楽部《すいそうがくぶ》では練習前の筋《きん》トレが必須《ひっす》だけど、生理中は正直パスしたい。頭がボーッとしてふらつくし、あとは顔色も悪くなるから、昨日も幼《おさな》なじみの悠太《ゆうた》に心配されちゃった。

そして、血が出る。どろどろ、ぼとぼと、だらだら、血が出る。指先を切ったときみたいな鮮《あざ》やかな赤から、茶色っぽくて汚《きたな》らしい赤まで。いろんな赤が、流れ出す。どんなに嫌《いや》でも、痛《いた》くても、恥《は》ずかしくても、四週間に一回、私《わたし》は血を流す。私はいつも、想像《そうぞう》する。私の股《また》から流れ出た経血《けいけつ》が、足元に赤い水たまりを作るのを。鈍《にぶ》い痛みが溶《と》け込《こ》んで、醜《みにく》く黒光りした、どろどろの赤い海になるのを。


「まあ、波越さんが怒《おこ》るのももっともだけどね」

「別に怒ってません」

そう言い返す私の声は、だけど、たしかに怒っていた。

放課後。職員室《しょくいんしつ》の隅《すみ》っこのソファに、私と下坂は並《なら》んで座《すわ》らされていた。

なんなの、これじゃまるで、私が何か悪いことでもしたみたい。早記が大騒《おおさわ》ぎするからいけないんだ。胸《むね》がむかむかする。

だけど、そんな私の横で、下坂は相変わらずあっけらかんとしている。

肌《はだ》が白くて、痩《や》せぎすで、目がギョロッと大きくて、なんかそこはかとなく両生類っぽい外見の、下坂。

班《はん》が一緒《いっしょ》だから話す機会も多いけど、口数は多い割《わり》に、何考えてるのか全然わかんない。いつもなら変人ってネタにできても、今回ばっかりは。

「僕《ぼく》、何か悪いことをしたでしょうか？」

なんて、本気でわかってないんだもん。

「うーむ、参ったな。こういうのは、女性《じょせい》の先生のほうが、ね？」

川原《かわはら》先生は苦笑いで言い、隣《となり》に座《すわ》った山城《やましろ》先生に視線《しせん》を送る。

山城先生はポニーテールをたらんと揺《ゆ》らし、下坂に言った。

「拾ってくれたのは、悪いことじゃないよ。とてもいいことだと思う。でも生理用品の扱《あつか》いって、とてもデリケートだから」

「つまり、もっと丁寧《ていねい》に触《さわ》ればよかったということですか？」

「いや、そういうことじゃなくて……」

下坂と山城先生のやりとりを黙《だま》って聞いてたら、なんかもうクラクラしてきた。どうしてこんなことになっちゃったんだろう。もう帰りたい。

そりゃ、私《わたし》だって悪かったとは思う。普段《ふだん》なら、ナプキンを生で持ち歩いたりしないけど、今日は生理用ポーチを忘《わす》れちゃったから、ハンカチで挟《はさ》んでトイレに持っていったんだ。その途中《とちゅう》でうっかり落としちゃった。

ポーチを忘《わす》れたりしなければな。そろそろ来るころだってわかってたのに、うかつだった。仕方ないから、早記にナプキンを借りたんだけど。

それにしても、こういうとき、女子の連帯感って、すごい。「ナプキン持ってない？」は魔法《まほう》の言葉だ。試《ため》してみればいい。一度も話したことのないクラスメイトでも、ケンカしたばかりで気まずい友達でも、絶対《ぜったい》に、絶対に断《ことわ》られることはないから。

生理があるという一点において、私《わたし》たちは一心同体だ。一時的に敵味方《てきみかた》がなくなって、女という一つの大きな生き物になる。

ナプキン持ってない？　持ってるよ、貸《か》してあげる。今日、私、二日目なんだよね。わー、しんどいよね、わかる。私、生理重くて。痛《いた》み止《ど》めあるよ、一錠《じょう》あげようか……。

女子だけの間でひそやかに交《か》わされる会話。目配せ。男子にはわからない言語で、私たちは語る。

これはだから、私たちを護《まも》る繭《まゆ》だ。薄《うす》い繭の中で、それぞれの流す温かい血は混《ま》ざり合《あ》いながら足元を浸《ひた》して、もう誰《だれ》のものだかもわからない。

「よくわからないな。じゃあ何が悪かったんですか？　無視《むし》したほうがよかったんですか？」

下坂はまだトンチンカンなことを言っている。ああもう、本当にめまいがしてきた。

こんなことなら、ナプキンなんか借りなきゃよかった。初日だし、午後の二時間くらいなら、トイレットペーパーを何重かにして乗り切ることだってできたかもしれないのに。いや、無理か。無理だな。うう。

だいたい、早記にナプキンもらうの、もう三回目だから。「女の子なら、カバンの中に一つは緊急用《きんきゅうよう》ナプキンを忍《しの》ばせとくもんよ」って呆《あき》れ半分《はんぶん》で説教されちゃった。

知らないよ、そんなの。早記んちは三姉妹《しまい》で、お姉ちゃんたちも明るいギャルみたいな感じだから相談しやすいんだろうけど。うちには女親がいないし、お父さんやお兄ちゃんはそんなこと絶対《ぜったい》教えてくれない。

だいたい、私《わたし》、ナプキンだって、おこづかいでこっそり買ってるんだからね。家族でスーパーに買い出しに行くことはあるけど、お父さんが持ってるレジかごの中にナプキンを入れるなんて、恥《は》ずかしすぎて絶対に無理。下着だって、里香《りか》おばさんが来たときを見計らって、ねだらないといけないのに。

ああ、もう。いつもならなるべく考えないようにしてることなのに、タガが外れたみたいに、ブワーッて溢《あふ》れ出《だ》して止まらない。全部下坂のせいだから。

「波越さんも、もう少し注意すればよかったね」

変人下坂の相手に疲《つか》れたのか、先生が話の矛先《ほこさき》を私《わたし》に向けてきた。

「ナプキンは隠《かく》して持ち運ばないとね」

「はい……」

ああ、お腹痛《なかいた》い。なんでもいいから早く解放《かいほう》して、と、私が思ったとき。

「なぜですか？」

尋《たず》ねたのは、またしても下坂だった。

「え？」

「どうして隠して持ち運ばないといけないんですか？」

下坂は、なおも続ける。

「使用前なら、別に汚《きたな》くもないでしょ。ポケットティッシュと同じだ。どうして隠さないといけないんですか？」

下坂っていつもこう。めっちゃ賢《かしこ》いけど、賢すぎて誰《だれ》もついていけないっていうか。

「波越さんが落としたのがポケットティッシュなら、僕《ぼく》が拾ったたって問題はなかったわけですよね。生理用ナプキンだから、僕《ぼく》から隠《かく》さなきゃいけなくなる。僕も、見ないふりをしなきゃいけなくなる。どうしてなんですか？」

先生たちは、答えられなかった。

私《わたし》は、ぼうっとした頭で、下坂の言うことを考える。

改めて考えれば。ナプキンだけ隠さなきゃいけないの、なんでなんだろう。お店でも、頼《たの》んでもないのに紙袋《かみぶくろ》に入れられる。まるでやましいものでも買ったみたいに。たとえばオムツは、パッケージのままでも平気なのに。

どうして生理のことってこんなに隠されてるんだろう。

どうして話しちゃいけないことみたいになってるんだろう。

「生理は病気じゃないし、犯罪《はんざい》でもない。悪いことをしてるわけじゃないんだから、隠す必要はないと、僕は思うんですが」

「そりゃそうだが、うーむ」

川原先生は言いよどむ。

すると、下坂がこっちを向いた。

まっすぐな目で、真剣《しんけん》に。

「波越さん、どう思う」

「どうって」

「君の生理は、隠《かく》さなきゃいけないようなものなの？」

「そんなこと……」

そんなこと、知らない。私《わたし》は今、こんなわけわかんない議論《ぎろん》に巻《ま》き込《こ》まれて、なんかもう恥《は》ずかしくて吐《は》きそうだし、事実吐《は》き気《け》がする。ああそういえば、昼休みに飲もうと思ってた痛《いた》み止《ど》め、飲んでない。もう最悪。お腹《なか》痛い。気持ち悪い。

「すみません、ちょっと、トイレ……」

私はよろよろと立ち上がり、職員室《しょくいんしつ》を出た。

だけど、ああ、これは厳《きび》しい。きつい。立ってるのしんどいかも。

トイレまでたどり着けず、人のいない廊下《ろうか》の隅《すみ》でうずくまる。

ううっ、どうしよう、吐きそうだ。

下腹部《かふくぶ》がぎゅうぎゅう痛む。汗《あせ》が止まらない。

「大丈夫《だいじょうぶ》？」

そのとき、誰《だれ》かの声がした。

振《ふ》り返《かえ》る気力もなくて、うう、とか唸《うな》る。

「横になったほうがいい。保健室《ほけんしつ》行こう」

繭《まゆ》の外からくぐもった声が響《ひび》く。

うなずこうとして頭を揺《ゆ》らしたら、視界《しかい》がきゅうっと狭《せば》まっていくのを感じた。

「歩ける？　手を貸《か》そうか。触《さわ》ってもいい？」

はっきり覚えているのは、そこまで。

＊

目が覚めると、病院みたいなところにいた。

真っ白な天井《てんじょう》と、ベージュ色のカーテン。ベッドのシーツには、『しもさかクリニック』と書いてある。

「気分良くなった？」

カーテンを引いて入ってきたのは、さっぱりとした短髪《たんぱつ》に黒《くろ》ぶち眼鏡《めがね》をかけた、綺麗《きれい》な女の人だった。知らない人。

ありがとうございますって言おうとして、名札の「下坂」という字を見て、固まる。

「あの子の母です。産婦人科医《さんふじんかい》をやっています」

「ああ」

なるほど、そういうことか。

なんかいろいろ、納得《なっとく》。下坂があんな感じなのは、母親が産婦人科医で、おうちがクリニックだからなんだ。

下坂のお母さん……下坂先生は、ベッドのそばに丸椅子《まるいす》を持ってきて、腰《こし》かけた。

「うちの子が困《こま》らせちゃったみたいだね。ごめんなさい。でも、当の君が倒《たお》れちゃうんだもん。びっくりしたよ」

「倒れた？」

倒れたって、私《わたし》が？

ダメだ。まだ頭がぼーっとしてる。

「生理痛《せいりつう》は我慢《がまん》しちゃダメ。今日みたいなこと、よく起こるの？」

「いや……初めてです」

「そう。寝不足《ねぶそく》か、疲《つか》れてたのかもね。でも、放置するのはよくない。何か病気が隠《かく》れてるかもしれないから、一度婦人科《ふじんか》にかかったほうがいいよ」

下坂先生は淡々《たんたん》と言ったけど、なんだか責《せ》められてるみたいな気持ちになる。

私《わたし》だって、まさか倒《たお》れるなんて思わなかったよ。

生理が重いってだけなのに、こんな大事《おおごと》になるなんて。

この話題は嫌《いや》だ。この話はしたくない。でも、下坂先生の診察《しんさつ》は続く。

「おうちの人はご存《ぞん》じなの？」

「うち、お母さんいないから。父子家庭なんです」

これを言うと、たいていの大人は黙《だま》る。

でも、下坂先生は黙らなかった。

「そう。じゃあお父さんに相談したら？」

まるで当然みたいに言うけど。そんなことできるわけないじゃん。

「父とはこういう話、しないので」

「どうして？」

「どうしてって……」

口ごもる私の前で、下坂先生はスンとしている。その顔が、息子《むすこ》の下坂にそっくり。

「男の人に相談なんかできない」

だって恥《は》ずかしいし。どうせわからないし。

「生理って女だけのものだもん。生理が来るから女なんでしょ」

私《わたし》たちだけの温かい繭《まゆ》。お父さんにもお兄ちゃんにも、もちろん下坂にも、入ってきてほしくない。

でも。

「そうでもないよ？」

下坂先生は穏《おだ》やかに、否定《ひてい》した。

「男の人でも生理が来る人はいる。トランスジェンダーの人とかね」

「え……」

「女性《じょせい》として生まれて、生理のある身体《からだ》を持っているけれど、男性として生きている人はたくさんいるよ。生理は女だけのものじゃない」

言葉に詰《つ》まる。ちょっと理解《りかい》が追い付かなくて。

「それに、女性でも、病気や体質《たいしつ》のために、生理がない身体の人もいる。あるいは、あなたみたいに生理のある女性でも、いつか年を取って閉経《へいけい》すれば、生理は来なくなるよね。

そういう人たちは、女性《じょせい》じゃないのかな？」

「………」

下坂先生の話し方は、下坂によく似《に》ていた。主張《しゅちょう》じゃなくて、問答。尋《たず》ねて、考えさせる、みたいな。

「生理は女性だけのもの、男性には知られちゃいけないものって思うから、隠《かく》そうとするんだよね。でも隠せば隠すだけ、わかってくれなくなるんじゃない？」

私《わたし》はムキになって拒絶《きょぜつ》した。

「別に、わかってくれなくていいし……」

「そう？」

そこで電話が鳴った。先生は立ち上がる。

そして、振《ふ》り返《かえ》って、言った。

「でも、うちの息子《むすこ》は、心配してたよ。君のこと」

「え……」

――大丈夫《だいじょうぶ》？

あ。

――歩ける？　手を貸《か》そうか。触《さわ》ってもいい？

あの声。

下坂だったのか。

＊

待合室は夕陽《ゆうひ》の赤で染《そ》まっていた。

火曜の午後は休診《きゅうしん》だそうで、患者《かんじゃ》さんは誰《だれ》もいない。

下坂は、水槽《すいそう》を見ていた。真っ赤な海みたいな水の中で、熱帯魚の尾《お》がひらひら揺《ゆ》れていた。

私《わたし》が近づくと、下坂は前置きなしで言った。

「父が死んだとき、母と僕《ぼく》は約束したんだ。これからは二人で頑張《がんば》ろうねって」

下坂のテンポが摑《つか》めなくて、ぽっかり妙《みょう》な間が空く。

「……お父さん、亡《な》くなったの？」

「うん。でも別に困《こま》ってはいないので、同情《どうじょう》とかはしないで」

「あ、大丈夫《だいじょうぶ》。うちもお母さんが出てったから、わかる」

「そうか。そんな気はしてたんだ。僕《ぼく》らみたいなのって、引き合うよね」

「あー。そうかも」

下坂は背中《せなか》で手を組むと、かかとを浮《う》かせて、また落とした。

「ともかく、父がいない分、母と僕は二人で頑張《がんば》ろうって約束した。親だけど、一緒《いっしょ》に戦う仲間だと思ってたんだよ。僕はね」

「うん」

「母はああ見えて、生理がすごく重いんだ。でも僕、気づかなかった。母はいつも元気そうにしていたし、僕に生理の話なんかしなかったから」

そっか。でも、そうだよね。

うちには母親はいないけど、いたとして、生理の話とかするのかな。自分のお母さんにだったら、もしかしたらしたかもしれない。わかんないけど。

「数年前に、クリニックが開催《かいさい》したイベントで生理のことを知ったとき、僕は愕然《がくぜん》としたんだよ。生理のことをあまりにも知らなかったから。ショックだったよ、実際《じっさい》」

下坂は、本気で悔《くや》しがっているように見えた。

「母が、しんどいのに、しんどくないふりして働いてること。僕《ぼく》、気づけなかった。二人で頑張《がんば》るって約束したのに。そう思ったら、情《なさ》けなくて、泣きじゃくってしまって……それからは、母も僕に隠《かく》すのはやめてくれたんだけどね」

私《わたし》は、なんて返していいかわからなかった。オーバーだよ、お母さんもそこまで気にしてないよ、なんて、言えなかった。私だって、生理のせいで倒《たお》れちゃったところだし。下坂、私が倒れたとき、どんな気持ちで介抱《かいほう》してくれたんだろう。

「母だけじゃない。この世の半分の人間には、生理があって、多かれ少なかれ、それで苦しむ。なのに、生理がない側の人間は、それを知らんふりしている。まるで生理なんて存《そん》在《ざい》しないみたいに」

下坂の言い方は、でも、正しくないと思う。

「知らんふりしてるんじゃなくて、知らないんでしょ。本当に」

だって言わないんだもん。私たちが。

言わないように、させられてるんだもん。

「そうかもしれない。でも僕はそういうの、耐《た》えられないいんだ」

私は視線《しせん》を落とした。

私《わたし》たちの繭《まゆ》。ひそやかな繭。

私たちを守るための繭なんだって、そう思ってた。でも、守るって、いったい何から?

私たちは本当に守られてきたんだろうか?

「今日だって、波越さん、つらかったんだろ」

そんなことないよ、平気、慣《な》れてるしって、言うのは簡単《かんたん》だ。これまではずっとそうしてやり過《す》ごしてきた。

でも、今日は。

今日はもう、我慢《がまん》したくない。

「……そうだね。キツかったな。今日は特に」

小さな声で、口に出す。下坂は、浅くうなずいた。

「僕《ぼく》たちは君たちの痛《いた》みを肩代《かたが》わりしてあげられない。でもせめて」

そして、まっすぐこっちを見て。

「ほんとにつらいときはさ、隠《かく》さないでほしいんだよ」

私は息をつき、待合の椅子《いす》に腰《こし》を下ろした。

立ったままの下坂を見上げ、

「本当に？」

「本当に」

「なんでも言っていいの？」

「なんでも言えばいいよ」

そうか。じゃあ。

「私《わたし》……」

息を大きく吸《す》って。

そして、吐《は》きだす。


「私、お赤飯、炊《た》かれたくなかった」

あの日、私、恥《は》ずかしすぎて泣きたかったんだよ。お兄ちゃんが「なんで赤飯？」とか言って、そのときはまだ生きてたおばあちゃんが、「あかりは大人の女になったのよ。もう赤ちゃんが産めるってこと」とか言って……、うっ、ほんと、気持ち悪い。思い出すだけで吐きそうになる。

じゃあ何？　私《わたし》は赤ちゃんを産むために女に生まれてきたの？　そのために、倒《たお》れそうなほどの痛《いた》みと毎月戦わなきゃいけないわけ？

「何がおめでたいの。なんにもおめでたいことなんかないじゃん」

望んでもないのに、この先数十年、四週間ごとの苦痛《くつう》を予約されたんだよ。嫌《いや》だよ、そんなの、ふつうに。

正直言って、生理用ナプキンのパッケージがどれもパステルカラーで、お花やフリルや羽根の柄《がら》なのも気に食わない。Happy《ハッピー》とか書いてあると最悪。Happyなわけあるか。Hell《ヘル》とかにしてよ。で、黒いパッケージに、ドクロとかプリントしてさ。

制服《せいふく》のスカートが薄《うす》い灰色《はいいろ》なのも嫌だ。たまに、血で汚《よご》れてないか心配になっちゃう。トイレを出る前に、鏡で何度もお尻《しり》を確認《かくにん》したりして。この制服をデザインした人はたぶん、生理になったことがないんだろうな。ポケットも小さすぎて、ポーチが入らないし。生理用ポーチを持ってトイレに向かうの、私は今日生理なんですよって全校にアピールしてるみたいで、ほんとサイテーなのに。

そりゃ、下坂の言いたいことも、わかる。生理は病気でも犯罪《はんざい》でもない。でも実際《じっさい》、しんどい。つらい。知られたくない。

下坂だって、もし生理が来たら、あんなふうにスンとしていられないだろう。テストの日に生理がかぶったら、とか、考えたことないでしょ？　修学旅行《しゅうがくりょこう》や受験まで、この悩《なや》みはつきまとうんだよ。ほんと、同じ条件《じょうけん》で戦ってるとか思わないでほしいよね。生理のない人は、イージーモードだ。ハンデだ。ズルだ。

ずっと思ってたことを全部吐《は》き出《だ》して、私《わたし》は一度、息を吸《す》った。

「ごめん。私、ほんと性格《せいかく》悪い」

「そんなことはないよ」

だけど、なんだかスッキリしたような気がする。

ずっとこの話題避《さ》けてたけど。本当はずっと、言葉にしたかったのかも。

身体《からだ》の中に溜《た》まった黒い塊《かたまり》を押《お》し出《だ》すと、妙《みょう》に身体が軽くなった。デトックス？　みたいな。下坂には悪いけど。

でも下坂は別に気にしてないみたいだ。それどころか、マジ顔でこんなことを言う。

「僕《ぼく》、勉強して、医学部か薬学部に行く。それで究極的には、生理痛《せいりつう》とかつわりとか、出産の痛《いた》みとか、そういうの全部なくす」

「壮大《そうだい》な計画だね」

私《わたし》は呆《あき》れてしまうけど、下坂は大真面目だ。うつむき、落ち着きなくかかとを上げたり下ろしたりしながら、

「だって生理痛《せいりつう》って、腹《はら》を殴《なぐ》られ続《つづ》けるくらい痛《いた》いんだろ？　出産も、鼻からスイカを出すくらい痛いって」

「鼻からスイカって」

私は笑った。下坂は笑わなかった。

「今は低用量ピルや無痛分娩《むつうぶんべん》だってあるのに、いまだに生理や出産は『痛くて当たり前』だと思われてる。『黙《だま》って耐《た》えなきゃいけないもの』みたいに」

そこで下坂がこっちを見た。そして尋《たず》ねる。

「本当に耐えなきゃいけないの？　なんのために？」

なんのために？

ほんと、なんのためなんだろうね。私もよくわからない。

「……本当は、隠《かく》さなくていいし、耐えなくていいのかな」

「合理的に考えればそうだろう」

合理的に考えれば……か。

合理的に考えれば、毎月毎月こんな苦痛《くつう》を味わわなきゃいけないなんて、そうしないと子孫を残せない生物なんて、システムとして崩壊《ほうかい》してると思うんですけど。なんて、下坂に引《ひ》っ張《ぱ》られて大げさなこと考えちゃう私《わたし》。

あ、でも、やがては苦痛もなくなるかもしれないのか。下坂が頑張《がんば》れば？

ふふ。なんかちょっと、笑っちゃう。

「何？」

下坂がきょとんとした。そのひょうきんな顔。

「悪いけど、やっぱ変わってるわ。あんた」

「だよね」

「でも、キモい、は、訂正《ていせい》する。ひどいこと言ってごめんね」

「こちらこそごめん。僕《ぼく》は空気が読めないことで有名なんだ」

「それは本当にそう。下坂は、医学の前にまずデリカシーを学ぶべき」

「胸《むね》に刻《きざ》もう」

そこで、下坂はちょっとためらった後、おずおずと尋《たず》ねた。

「あのさ、これからも友達でいてくれる？」

「えっ、私《わたし》たち友達だったの？」

「うっ」

「嘘《うそ》だよ。いいよ」

下坂、私のことを友達だと思ってたのか。興味深《きょうみぶか》い事実だ。でもまあ、悪い気はしないけど。

「生理のことふつうに話せる男子って貴重《きちょう》だし。貴重ってか、レア。超《ちょう》レア。ＳＳＲ」

「いつかレアじゃなくなればいいな」

「んー、今はまだレアでいいな、私は。隠《かく》さなくていいって言われても、やっぱ進んで話したくはないと思う」

「それはまったく波越さんの自由だ」

でも、そうだね。せめて。

「痛《いた》みに耐《た》えるのは、なるべくやめる」

「うん」

すぐに変わるのは無理だけど、ちょっとずつでも、好きになれるだろうか、自分の身体《からだ》のことを？　あるいは、好きになんてならなくてもいいのかな、本当は？

まあ、ひとまず今は。

「応援《おうえん》するわ。あんたのこと」

「どうも。頑張《がんば》るよ」

＊

しばらくして、お父さんが迎《むか》えに来てくれた。帰り道、お父さんは私《わたし》の頭を撫《な》でた。子どもにするみたいに。こういうの、何年ぶりだろう。

で、これからは、ナプキンが切れたらちゃんと言えって。恥《は》ずかしいなら、自分で買ってもいいけど、その分のお金はちゃんと渡《わた》すからって。

私はうなずき、少しだけ、お父さんに話した。生理痛《せいりつう》がつらい話。温めるとちょっとは楽になる、とか。下着に血がつくとなかなか落ちないから、できたら専用《せんよう》の洗剤《せんざい》を買ってほしい、とか。

お父さんは、そうか、勉強するよ、と言った。

何が変わったってわけではない。でも、この日、私の繭《まゆ》には穴《あな》が開いた気がする。ぷつりと開いた小さな穴《あな》から、中に溜《た》まっていた血が、少しずつ流れ出す。

私《わたし》は想像《そうぞう》する。月の光の中、それがやがて、赤い川になるのを。流れる川が、やがて海になって、静かに満ち引きを繰《く》り返《かえ》すのを。

それは、なんだか美しい光景だった。

私《わたし》はフリーダ

あかりが倒《たお》れて病院に運ばれたらしい。生理痛《せいりつう》で。

生理痛だよ？　マジ？

そういや、あかりってたまに青い顔してるときあんだよね。明らか具合悪そうっていうか。一目見て、あ、あかり今日生理だわってわかる感じの。まあ男子にはわかんないだろうけど。

で、うちのクラスには下坂《しもさか》っていう超変人《ちょうへんじん》がいて、あたしは正直マジでニガテだけど、あかりはそこそこ仲良くしてるっぽかった。あかりって意外とクセツヨ系《けい》が好きなのかも。とか。いやたぶん恋愛的《れんあいてき》なあれじゃないけど。

でもさすがに、下坂がナプキンじかに触《さわ》ったのにはビビった。ビビったってかふつうにドン引きだし、さすがに先生に言った。

でもそしたらあかりまで呼《よ》び出《だ》し食《く》らっちゃって、悪かったな。

しかもそのまま病院でしょ。カワイソすぎる。

「一応謝罪《いちおうしゃざい》のメッセージは送っといたけど、「気にしないで。おかげでちょっとすっきりしたから」だって。ぶっちゃけ意味不明だけど、まあ怒《おこ》ってはなさそうでよかった。

なんかさー、あかりって実は大変なんだな。

だってあかりさ、しょっちゅうナプキン忘《わす》れんだもん。だからこれまで何回も貸《か》してきたし、そのたびにえらそうに説教してきたけど……、あたしのほうがなんにもわかってなかったかも、とか思って、若干《じゃっかん》気まずかったり。

あかりが生理重いのとか、お母さんいないとか、会話の端々《はしばし》から気づいてたはずなのに、改めて言われるとちょっとびっくりして、なんて返していいかわからんっていうか。

あたしは生理痛《せいりつう》そんなひどくないほうで（たぶん）、なんか困《こま》ったとしても、ママかお姉ちゃんたちに相談すればいいやって思ってる。

始まったのが小六のときで、これから月一で来るよって言われてからビクビクしてたけど、あたしの場合そんな規則的《きそくてき》じゃなくて、二、三か月空くときとかもふつうにあんだよね。ママ曰《いわ》く子どものころは不安定なものだから大丈夫《だいじょうぶ》だって。そのうちリズムが整って、毎月ちゃんと来るようになるって。

子どもとか言われるとマジムカつくけど、軽いとはいえ生理痛なんか嫌《いや》に決まってるし、それなら今のままでも全然いーんだけどな。なんて。

＊

なんてことつらつら考えてたけど、水曜の朝、武藤《むとう》君と電車一緒《いっしょ》になったから反省モードおわり。

きゃー、なんでなんで？　この路線で武藤君見かけたの初めてなんだけど。しかもあっちから気づいてくれた。ヨッス、とか右手を挙げて。

周りを見回して、あたしに言ってくれたんだって一応確認《いちおうかくにん》してから、小股歩《こまたある》きでちょこちょこ近づく。

「おはよ。武藤君この路線なんだっけ？」

そう声をかけながら、横目で窓《まど》に映《うつ》る自分の姿《すがた》をチェック。前髪《まえがみ》ＯＫ。リップＯＫ。

武藤君はスクバをリュックみたいに背負《せお》いながら、答えた。

「うん。でもいつもは朝練あるから、もっと早い」

「あ、そうか。朝練か。サッカー部だよね」

「うん」

武藤君は短く刈《か》り上《あ》げた頭をガシャガシャ掻《か》いた。やれやれって感じで。

「昨日の晩《ばん》に連絡《れんらく》あってさ。うっちーギックリ腰《ごし》だって。だから今日は朝練ねえの」

「ええっ、ヤバいね。内田《うちだ》先生かわいそう」

「女子ってうっちーのこと好きよな」

「だってかわいいじゃん。おじいちゃんって感じでさ」

「言っとくけどサッカー部ではマジ怖《こわ》いからね。鬼顧問《おにこもん》。片《かた》づけとか超厳《ちょうきび》しいから」

「えー意外」

わ、会話できてる。

授業《じゅぎょう》以外で一対一で話す機会なんてそうそうないから、マジで嬉《うれ》しい。

「高校のほうのサッカー部はさ、女子マネの人が全部面倒《めんどう》見てくれんだよ。いいよな」

「あー」

そうそう、うちって中高一貫校《いっかんこう》だから。ニッチな部活だと（弓道部《きゅうどうぶ》とか演劇部《えんげきぶ》とか、囲《い》碁将棋部《ごしょうぎぶ》とか）たまに中高合同のもあったりすんだけど、基本《きほん》は分かれてて、同じ種目でも全然練習内容《ないよう》が違《ちが》ったりするんだよね。

もちろん高校のほうが自由だし設備《せつび》とかもジュンタクだから、早く高校の部活に参加したいって憧《あこが》れるのは、うちの中学あるあるなのである。

「ドリンク作ってもらったり、洗濯《せんたく》とかも女子マネさんがしてくれるしさ。俺《おれ》ら今全部自分でやんなきゃだからね。超羨《ちょううらや》ましい。ずりーわ」

武藤君はそこでこっちを見た。すっきりした一重の目。ドキッとする。

「林《はやし》さん女《じょ》バスでしょ。朝練ない系《けい》？」

「うちらはゆるくやらせていただいてますんで」

「いいなあ、女子は」

武藤君はクシャって笑った。うっ、かっこいい。

次の駅に着いて、人がいっぱい乗《の》り込《こ》んできた。いつもここからすごい混《こ》むんだよね。

まあ一駅で降《お》りるから耐《た》えられるけど。

あたしは一歩奥《おく》に詰《つ》めた。武藤君と近づく。ドキドキする。

武藤君って背《せ》が高い。見上げると、武藤君は網棚《あみだな》の上の美容《びよう》サロンの広告《こうこく》を見ていた。

ルリカだ。伊藤瑠理香《いとうるりか》。アイドルの。

「好きなの？」

「ん？」

武藤君がこっちに視線《しせん》を戻《もど》す。

「ルリカ。好きなの？」

「ああ、いや、別に」

「ええっ絶対《ぜったい》好きじゃん。あたしも好き。今度の新曲、ルリにゃんセンターだよね」

「めっちゃ詳《くわ》しいな」

武藤君は半笑いで言った。あんまりがっつくと引かれそうだけど、武藤君の好みをリサーチするめったにない機会だもん、鼻息も荒《あら》くなる。

「武藤君はルリにゃん派《は》？　ユウナ派？」

あくまでアイドルの話だからねってトーンで、尋《たず》ねる。

「えー別に、どっちもかわいいと思うけど」

武藤君はのらりくらりとかわした。

「あーでも、ユウナはちょっと気が強そうだからな。ルリカのが可愛《かわい》げあるかな」

「わかる」

駅に着いて、ドアが開く。

武藤君はプラットホームに一歩踏《ふ》み出《だ》しながら言った。

「俺《おれ》さ、髪《かみ》が綺麗《きれい》な人が好きなんだよね。なんか、ちゃんとしてる感じがするから」

そして振《ふ》り返《かえ》り、

「林さんも綺麗《きれい》だよね、髪《かみ》」

なんて付け足して、友達見つけて走っていってしまった。

「え……」

それって、それって。

きゃー、どうしよう、どうしよう。

う、れ、し、す、ぎ。

*

昨日の今日であかりが学校休んだので、さっきの爆弾《ばくだん》発言も共有できなくてやきもきする。メッセージは送ったけど既読《きどく》つかんし。早く帰って通話したい！

時間がやたらとゆっくり流れてくような気がする。

五時間目、今月の美術《びじゅつ》の課題は自画像《じがぞう》。

鏡とにらめっこして、画用紙に自分の顔を描《か》いていく。

美術ってあんま好きじゃないけど、まあ数学とか英語とかよりは百パーマシ。

担当《たんとう》の行廣《ゆきひろ》先生は、ひょろっとしてて、白髪《しらが》交じりの髪《かみ》に丸い眼鏡《めがね》をかけた、ザ・芸術《げいじゅつ》家《か》って感じのおじさん。あたしはタイプじゃないけど、物腰《ものごし》が柔《やわ》らかくていつも丁寧《ていねい》だから、わりと人気ある。

「自分の顔をよく観察して、あるがままに描《か》いてくださいね」

よく観察して、か。

自分で言うのもなんだけど、あたしってそこそこかわいい。

ぱっちり二重だし（遺伝子《いでんし》さまありがとう）、えくぼがあるし、指は細いし、モデル体《たい》型《けい》ってほどじゃないにしろ、まあ太ってはないし。

肌《はだ》はもうちょっと白かったらいいなと思うけど、それは隣《となり》にあかりがいるからかも。あかり、白すぎてそばかすが目立ってるから自分でも気にしてるみたい。

だからまあ、総合的《そうごうてき》には満足してる。

コンプレックスはあるにはあるけど、言わない。

ていうか言えない。

「あ、林さん、ごめん」

そこで、前に座《すわ》ってた冨岡《とみおか》さんがいきなり振《ふ》り向《む》いた。

冨岡愛菜《まな》。下膨《しもぶく》れの顔に、分厚《ぶあつ》い眼鏡《めがね》、雑《ざつ》に一つくくりにした髪《かみ》は針金《はりがね》みたいにツンツン突《つ》き出《だ》している。

冨岡さんは、ぼそぼそとした声で言った。

「消しゴム、そっち行っちゃった」

「え？」

床《ゆか》を見ると、たしかに、冨岡さんの消しゴムが転がってきてた。スリーブにアニメキャラの絵が描《か》いてある。

あたしはそれを拾い、冨岡さんに渡《わた》す。

「ありがとう」

「どういたしまして」

冨岡さんは消しゴムを受け取ると、さっと前を向いた。ずんぐりした背中《せなか》で前のめりになり、また熱心に絵を描き始める。

あたしは頬杖《ほおづえ》をついた。

冨岡さんって、休み時間もイラストとか描いてる、いわゆるオタク女子。休み時間は、いつも引原《ひきはら》さんと漫画《まんが》の話してる。いつもは静かなのに、漫画の話のときだけすっごい饒《じょう》舌《ぜつ》になんだよね。

とにかく漫画《まんが》が一番で、見た目なんか気にしたことありませんって感じ。ニキビもめっちゃあるし、太ってるし……あ、でも、よく見たら、胸《むね》が大きいだけで実はそこまで太ってはない？　のか？　まあどっちにしろ、こんな暑いのに灰色《はいいろ》のダボっとしたカーディガンとか着てるから、すごい野暮《やぼ》ったく見える。

気になんないのかな。周りからどう見られてるか、とか。

てかあたしが気にしすぎ？　こういうのって性格《せいかく》悪い？

でもさあ、やっぱ綺麗《きれい》なほうがいいじゃん。見た目は。綺麗にしといて困《こま》ることはないじゃん。人は見た目じゃないとか大人は言うけど、だったら苦労しねえわって感じ。

冨岡さんは自画像《じがぞう》、どうやって描《か》くんだろ。たしか美術部《びじゅつぶ》だから、絵はうまいはず。写実っぽく描くのかな。マンガっぽく美化すんのかな。

「ではみなさん、一度手を止めて」

そこで行廣先生が声を上げた。手を止めても何も、ずっと止まってた。

「参考に、有名な画家たちの自画像を見せていきますね。巨匠《きょしょう》たちがどのように自己《じこ》を表《ひょう》現《げん》したのか、味わいながら見てみましょう」

先生はそう言って、プロジェクターで次々に画像《がぞう》を映《うつ》し始《はじ》めた。

まずはレオナルド・ダ・ヴィンチの、ひげもじゃの肖像《しょうぞう》。

ラファエロ・サンティの自画像は、子どもっぽいってか、少年みたいな表情《ひょうじょう》。

ターナーは王子様風イケメン、ロセッティはかっこつけすぎ。

そしてフィンセント・ファン・ゴッホの、耳に包帯を巻《ま》いた自画像。

それにしても男の人ばっかりだなと思う。有名な画家って本当に男の人だらけ。

「参考に」とか言って、これじゃ全然参考にならんじゃん。なんか退屈《たいくつ》になってきた。

「ゴッホの絵画は、鮮《あざ》やかな色彩《しきさい》と強い筆遣《ふでづか》いが特徴《とくちょう》で……」

画家ごとに、行廣先生が短く解説《かいせつ》を入れる。みんなは聞いてるんだか聞いてないんだかビミョーな感じ。

うつむき、誰《だれ》にも聞こえないように、ため息をついたとき。

不意にクラスがざわついたので、顔を上げる。すると。

「！」

プロジェクターに映し出された、次の自画像。

あたしは、それに、釘付《くぎづ》けになってしまった。


いばらの首飾《くびかざ》りとハチドリの自画像《じがぞう》。

熱帯っぽい大きな緑の葉っぱを背景《はいけい》に、黒いサルと、怒《おこ》ったような顔の黒い猫《ねこ》。

そして真ん中に、まっすぐこちらを見つめる一人の女性《じょせい》が描《えが》かれている。首にはいばらの首飾りが巻《ま》き付《つ》き、鋭《するど》い棘《とげ》が肌《はだ》を刺《さ》して、血が流れている。痛々《いたいた》しいっていうか、なんていうの、暴力的《ぼうりょくてき》な表現《ひょうげん》で、これまでの自画像とは全然違《ちが》う。


でもそれより気になるのは、その人の顔。その人の顔！

黒髪《くろかみ》をまとめ上げたその女性。表情《ひょうじょう》はすっと落ち着いて、目は透《す》き通《とお》って綺麗《きれい》。

だけど、その綺麗な目の上で、二本の黒い眉毛《まゆげ》が、ほとんどつながっている！

え、なんで？　女の人だよね？

しかも、赤く可愛《かわい》らしい唇《くちびる》の上には、うっすらと口ひげまで生えて……。う。


「フリーダ・カーロはメキシコの画家です」

先生が解説《かいせつ》を始めるけど、耳に入ってこない。変な絵のせいで、コンプレックスを思い出してしまったから。

あたしのコンプレックスは……体毛が濃《こ》いこと。

髪《かみ》が多いのは、まあギリ許《ゆる》す。ていうか今日許すことにした。だって武藤君に褒《ほ》められたから。

実を言うと、美容院《びよういん》に行くたびにめちゃくちゃ梳《す》いてもらってるんだけど。すぐ増《ふ》えるし、増えるとうねるから、頻繁《ひんぱん》に通わなくちゃいけなくて、ママには睨《にら》まれてる。でもおかげで髪「は」綺麗《きれい》。高校卒業したらソッコー金にするつもり。

だから問題は、他の毛ね。

下の毛は……まあ、ジャングルみたいではあるけど誰《だれ》にも見えんからいいとして、腕《うで》の毛もまあ比較的薄《ひかくてきうす》いからいいとして、だから目下の悩《なや》みは、すね毛と脇毛《わきげ》。

毎日毎日、お風呂《ふろ》で丁寧《ていねい》に剃《そ》るけど、晩《ばん》には黒い毛がうっすら顔を出す。すねを撫《な》でると、先のとがった短い毛がチクチクして、まるで棘《とげ》が生えてるみたいだと思う。

いっそ抜《ぬ》いてやろうと思うこともあるけど、抜くのはよくないって何かで読んだ。むしろ太くなるとか、皮膚《ひふ》の下にもぐっちゃって（何それ！　キモすぎ）抜けなくなるとか。

だからあたしは毛を剃る。毎日毎日、毛を剃る。

正直超面倒《ちょうめんどう》だけど、でも、もじゃもじゃよりマシ。そうだよね？

武藤君だって、髪《かみ》は褒《ほ》めてくれたけど、他の毛までふさふさだったら引くでしょ。

うわ。急に不安になってきた。

こわごわ武藤君のほうを見やると、隣《となり》の男子と肘《ひじ》で小突《こづ》き合いながらくすくす笑ってる。ていうかクラス全体が、この奇妙《きみょう》な自画像《じがぞう》を見て笑ってる。

やっぱ、毛深い女の人って変なんだ。ゼツボー。

「こら、笑わない。これはフリーダなりの表現《ひょうげん》なんです」

先生がたしなめると、さすがに静かになったけど。

とにかくあたしは、なんだか殴《なぐ》られたような衝撃《しょうげき》を受けたのだ。

＊

モヤモヤしたまま放課後。女バスの部室で着替《きが》えて体育館に向かうと、真中《まなか》がいた。

「おいコラ真中」

あたしは真中の背中《せなか》をどつく。

真中硝子《しょうこ》。短い髪《かみ》に、顎《あご》がシャープなすっきり塩顔。部内でもひときわ背《せ》が高い、二年の頼《たよ》れるセンターだ。

いや嘘《うそ》。頼れはしない。

「昨日サボったろ」

「あー、うん。なんか気分じゃなくて」

「気分の問題じゃないっつの」

真中って超《ちょう》マイペース。いつも気だるげな雰囲気《ふんいき》で、誰《だれ》ともつるまないし、一緒《いっしょ》に着替《きが》えたりとかも拒否《きょひ》ってる。どうも部室が苦手みたいだ。まあうちの部室って常《つね》に制汗剤《せいかんざい》くさいし、ていうか女子くさいしな。真中ってそういうの嫌《きら》いそう。だから真中はトイレで一人で着替える。体育ある日は面倒《めんどう》だからって一日中体操着《たいそうぎ》のジャージで過《す》ごしたりとかもする。てか体育なくてもスカートの中にジャージ装備《そうび》が基本《きほん》。

「だから不良とか言われんだよ」

「早記《さき》だってギャルじゃん」

「ギャルは不良と違《ちが》うし。ギャルはマインドだし」

あたしは胸《むね》のあたりをこぶしで叩《たた》いた。自分でも意味はわからんけど。

真中は返事の代わりに肩《かた》をすくめ、ゴールの下でストレッチを始める。すらりとした腕《うで》に、ムダ毛は見当たらない。

「真中はいいよなあ。剃《そ》ってないんでしょ？　それ」

「あー、薄《うす》いんだよね。遺伝的《いでんてき》に」

真中は腕《うで》を撫《な》でた。たしかに産毛《うぶげ》は生えてるけど、無視《むし》できるくらい薄い。

「羨《うらや》ましすぎる」

「早記は剃ってんの？」

「うん。毎日」

くっそ面倒《めんどう》くさいけど。

だいたいあたし、肌《はだ》はあんま強くないから、カミソリ負けでプツプツ赤くなるんだよね。かっこ悪くて嫌《いや》。それに、汗《あせ》かいたらそこが染《し》みてひりひりするし。

「へー」

真中が座《すわ》って開脚前屈《かいきゃくぜんくつ》を始めたので、背中《せなか》を押《お》してやる。「うおお」という低い唸《うな》り声《ごえ》。真中は身体《からだ》が硬《かた》いのだ。

「ブリーチすれば」

前屈《ぜんくつ》したまま、真中がそんなことを言うので、一瞬《いっしゅん》なんの話かと思った。ムダ毛の話ね。

「一回試《ため》したけど痛《いた》かった」

「じゃあ脱毛《だつもう》」

「んー、大人になったらね」

言われなくても、もうどこのサロンに行くかまで決まってるから。上のお姉ちゃんが通ってるとこ。二年かけて全身ツルツルにするんだって。

真中が「ギブ」と言うので、手を離《はな》す。真中は身体《からだ》を起こすと、振《ふ》り返《かえ》った。

「別に今からでも、キッズ脱毛行けばいいじゃん」

「きっずだつもう」

あたしは真顔で繰《く》り返《かえ》した。

そんなものがあるのか。ショーゲキである。

「うちの小学校、結構《けっこう》いたよ。脱毛してる子」

「マジか。さすがお嬢様校《じょうさまこう》」

真中は小学校、私学《しがく》だから。女の子ばっかりで、合わなかったっぽいけど。

「いやあ、さすがに中学生で脱毛《だつもう》ってのはねえ」

だって、脱毛ってマジで高いんだよ。お姉ちゃん、そのためにバイトしてんだから。なんだか経済格差《けいざいかくさ》を感じてしまい、ママが乗《の》り移《うつ》ったみたいな口調になる。

「さすがにわがままっしょ」

「んー」

真中はあいまいな表情《ひょうじょう》をした。

「まあお金とか安全性《あんぜんせい》の問題はあると思うけど。でも、真剣《しんけん》に悩《なや》んでんだったら、アリじゃない？　毛だってその子の身体《からだ》の一部なわけだしさ、他の人がとやかく言うことじゃないんじゃん」

う。なんか説教されてる？　あたし。

「真中はサボり魔《ま》のくせに正論《せいろん》を言うよね？」

「サボり魔は関係ないだろ」

そして付け足すように、

「下坂とかツルツルだよ。たぶん剃《そ》ってんじゃない」

「マジ？　なんで？　なんのために？　水泳部とか？」

「え、知らないけど。てかうちの学校水泳部ないし」

「えー、マジか。男子のくせに。キモ」

「男女は関係ないよ」

真中はきっぱりと言う。はい、まあそうですね。

でもなんかめっちゃモヤモヤする。

毛があるのは嫌《いや》。剃《そ》りたい。でも脱毛《だつもう》とかするのは大人すぎる気がする。

ツルツルのほうがいいと思う。でも男子がツルツルだとなんか違和感《いわかん》ある。

うーむ。モヤモヤ。

＊

でもその晩《ばん》も、あたしはすね毛を剃った。

毎日毎日、あたしは毛を剃る。何かの儀式《ぎしき》のように、茂《しげ》った毛を伐採《ばっさい》していく。

石鹸《せっけん》を泡立《あわだ》てて、四枚刃《まいば》のかみそりで、丁寧《ていねい》に。

そういえば小学校のころ、最初に下の毛が生え始めた女の子、しばらく陰《かげ》で笑われてたな。林間学校のとき、お風呂《ふろ》でバレてさ。

今思えばマジでひどかったな。かわいそう。どうせみんな生えんのにね。

あたしは別に、体毛が濃《こ》くていじめられてるとかじゃない。ていうか体毛濃いってバレる前に剃《そ》ってるから。

でも仮《かり》に今、いじってくるやつがいたら、どう思うだろう。

やっぱ傷《きず》つくのかな。

それとも飛《と》び蹴《げ》り食《く》らわしちゃう?

そう思うにつけ、美術《びじゅつ》の授業《じゅぎょう》で見た例の自画像《じがぞう》と、みんなのくすくす笑いが脳内《のうない》リフレインしちゃうのだ。

——毛だってその子の身体《からだ》の一部なわけだしさ、他の人がとやかく言うことじゃないんじゃん。

真中の言葉を思い出しつつ、かみそりを動かしていると。

「痛《いた》っ」

膝《ひざ》のところをガリっとやっちゃった。うわー、参った。心ここにあらずになってた。膝の周りはデコボコだから、丁寧《ていねい》に剃らないと怪我《けが》しちゃうのに。

白っぽい傷口《きずぐち》から、じんわりと、血がにじんでくる。

なんか無性《むしょう》に凹《へこ》んでくる。

あたしは何をしてんだろう、あほくさ、とか思って。

あたしはシャワーの勢《いきお》いをマックスにして、熱いお湯を頭から浴びた。

モヤモヤすんな。ギャルはマインドだぞ。

＊

翌週《よくしゅう》の水曜日。

内田先生はギックリ腰《ごし》から回復《かいふく》したようで、武藤君には会わなかった。

でもなんか会えなくてよかったような気もする。今日はなんか会いたくない。

見上げると、例のルリカのポスターが目に入る。

なんてこった。よく見ると脱毛《だつもう》の広告《こうこく》じゃないの。

アマゾンみたいに草がぼうぼうに茂《しげ》った背景《はいけい》と、探検隊風《たんけんたいふう》なのになぜか手足をさらけ出した衣装《いしょう》のルリカ。「夏までに間に合う！」というキャッチコピー。

自然と、眉間《みけん》にしわが寄《よ》る。

よく考えたら、夏までにってなんだ。何を間に合わせるんだ。ムダ毛がある人にはハッピーな夏は訪《おとず》れませんよってこと？

そんなわけあるかい。

こういう広告、ＳＮＳとかでもしょっちゅう見るけど、毎回心がチクッとすんだよね。深く考えたくなくて、いつもすぐにスキップボタンを押《お》しちゃうけど。

視線《しせん》を落とすと、膝《ひざ》の絆創膏《ばんそうこう》が目に入る。今はもう血は止まってるけど、しばらくヒリヒリして痛《いた》かった。これもツルツルの代償《だいしょう》？

なんか、すごい腹立《はらた》ってきた。

なんか、なんかさ。体毛ってすっごいパーソナルじゃん？　だって、自分から半径〇・五ミリとかの世界でしょ。

なんでそれを、他人にジャッジされなきゃならんのだ。

そりゃあたしだって鼻毛ぼうぼうの人の隣《となり》は歩きたくないなと思うけど、すねにちょっと毛が生えてるくらいなら、別に不潔《ふけつ》でもなんでもないじゃん。

実際《じっさい》、水泳選手と韓国《かんこく》アイドル（と、下坂）をのぞけば、男の人はだいたいみんなぼうぼうだし。うちのパパなんか、胸毛《むなげ》までもじゃもじゃだけど、全然気にしてないし。

なのに、なんであたしはこんなにも毛のこと考えなきゃならんのだ。

むむう。


昼休み。あかりが吹部《すいぶ》のミーティングだから、一人で早めに五時間目の美術室《びじゅつしつ》に来た。

先週のこと思うと気が重いけど。

「うわ」

美術室に入って、ちょっとのけぞった。

この前先生がプロジェクターで映《うつ》してくれた古今東西の自画像《じがぞう》が、パネルに印刷されて、ぐるりと教室を囲《かこ》むように展示《てんじ》してある。なんだこれ。

「ああ、林さん。すみません、ちょっと手伝ってもらえますか」

行廣先生があたしに気づいて声をかけてきた。

「そこに置いてあるピカソの自画像を取ってもらえますか」

「どっちのですか？　うまいほう？　下手なほう？」

「どちらも上手ですよ」

あたしは二枚《まい》のパネルを先生に渡《わた》しつつ、

「あの、なんなんですかこれ」

めっちゃ居心地悪《いごこちわる》いんですけど。どこ見ても誰《だれ》かと目が合うし。

「え？　自画像《じがぞう》の参考になりませんか？」

行廣先生はきょとんとした顔。

「自画像の課題は今週で終了《しゅうりょう》なので、みなさんに集中してほしくて」

「気が散るんじゃないですか？　逆《ぎゃく》に」

「盲点《もうてん》でした」

行廣先生ってちょっとズレてる。まあ別にいいんですけど。

あたしはそれとなく、目で「あの絵」を探《さが》した。

あ、あった。校庭側の窓際《まどぎわ》に、あの人がいた。

思わずじっと見つめていると。

「気に入りましたか？」

行廣先生が尋《たず》ねる。

「え？」

「フリーダ・カーロ。好きですか？」

「あ、いや……」

なんか気まずい。

でもどうせだから訊《き》いちゃうか。気になるから。

「あの、この人、本当にこんなふうに眉毛《まゆげ》がつながってたんですか？　あと、口ひげも」

行廣先生はニッと笑い、

「ちょっとこっちに来てください」

と手招《てまね》きすると、教卓《きょうたく》の下から大きな画集を取り出した。

ページをめくり、指さした先には。

フリーダ・カーロ本人の写真があった。

あれ？

「綺麗《きれい》」

眉は、まあ凜々《りり》しくはあるけど、はっきりつながってるようには見えないし、口ひげも写真で見えるほどは生えていない。

じゃあ、なんで？

「自画像《じがぞう》は写真のように克明《こくめい》なものとは限《かぎ》りません。大事なのは、フリーダ自身が自分をどう表現《ひょうげん》したかったかということ」

先生はページをめくった。

「うわ」

先生が見せたのは、どれも自画像だった。かもめみたいなつながり眉《まゆ》に、口ひげの生えたフリーダの姿《すがた》。

でも、グロい。

身体中《からだじゅう》に刺《さ》さった釘《くぎ》や、流れ出る血、生々しい臓器《ぞうき》。

白いコルセットで固定された身体は真っ二つに裂《さ》け、背骨《せぼね》の代わりに折れた柱がのぞいている。

「何これ。こわ……」

思わず腕《うで》をさする。ちょっとホラーっぽい。

そういえば、先生が最初に見せてくれた絵も、首にいばらが巻《ま》き付《つ》いて血が出てた。

でも、どのフリーダも、表情《ひょうじょう》は凜《りん》としている。

「フリーダの人生は壮絶《そうぜつ》でした」

先生は黒板にもたれかかり、腕《うで》を組んだ。

「事故《じこ》で大けがを負い、生涯後遺症《しょうがいこういしょう》に苦しんだ。その上、夫に不倫《ふりん》されたり、流産してしまったりね」

「は？　最悪。かわいそう」

「だよね」

行廣先生は苦笑《くしょう》する。

「だから、フリーダの絵には、苦しみや痛《いた》みや葛藤《かっとう》が表れている」

「へえ……」

つまり彼女《かのじょ》は、自分の身体《からだ》や人生経験《けいけん》を、そのままキャンバスに表そうとしたわけ。

「眉《まゆ》がつながっているのも、彼女なりの意味があるんでしょう。意志《いし》の強さとか、苦境《くきょう》に負けまいとする気持ちとか、あるいは、女らしさに対する反抗《はんこう》とかね」

行廣先生はそこで、眼鏡《めがね》の奥《おく》の目を細めた。

「いずれにせよ、この眉、先生は好きです」

画集の中のフリーダの、つながった眉。

「人間って感じがするよね。つるりとした人形じゃなく」

「人間って、感じ」

たしかに……産毛《うぶげ》の一本も生えていないつるつるの肌《はだ》って、人間って感じ、しないかも。子どものとき着《き》せ替《か》え遊《あそ》びしてたソフビの人形みたい。

「人間の身体《からだ》は、綺麗《きれい》なだけではないでしょう。ケガもすれば病気もするし、しわもあればしみもある。ほくろもあるし、もちろん毛も生える」

メイクや服装《ふくそう》じゃ隠《かく》せない、その人そのものの素肌《すはだ》には。

刻《きざ》まれている。その人の、歴史《れきし》が。

「世間的な美しさとはずれているとしても……、彼女《かのじょ》が『これこそ私《わたし》』と思うなら、たしかにそれが彼女なんです」

んー、まあ、そうかも。

でも、「世間的な美しさ」も気にしちゃうな、やっぱり、あたしは。

綺麗なほうがいいって思っちゃうな、やっぱり。

でもさ、その「綺麗」って誰《だれ》が決めてんだろう、とも思う。

ムダ毛が生えてたらダメって誰が決めたの？　なんで？　なんのために？

あーなんか、混乱《こんらん》してきた。

「なんか、難《むずか》しいです。いろいろ」

「そうですね。難しいですね。いろいろ」

あたしはもう一度、まじまじとその絵を見た。

つながった眉《まゆ》、薄《うす》い口ひげ、首のしわ、赤黒い血のしずく。

先生の言ったこと、十分理解《りかい》できたとは思わない。

でも、これだけはわかる。

人間。人間だ。この人は。

透《す》き通《とお》った目は、凜《りん》として、じっとこちらを見つめたまま。


やがてクラスのみんなが集まり始めた。あかりも近づいてくる。

「早記、先生と何話してたの？」

「別に」

まだ自分の中で整理中。

「てかあかり、急がないと終わんないよ。先週休んだんだから」

「そうだった。頑張《がんば》る」

あかり、今日は顔色いい。

あたしはちょっと笑って、自分の席に着いた。

チャイムが鳴る間際《まぎわ》になって、武藤君が入ってきた。

窓際《まどぎわ》のフリーダの絵を見るなり、先週同様、友達と小突《こづ》き合《あ》ってくすくす笑う。

んー。

なんか、急激《きゅうげき》に萎《な》えてきた。

髪《かみ》を褒《ほ》められたのも、なんかもう嬉《うれ》しくない。そもそも、武藤君に褒められるために伸《の》ばしてたわけじゃないし。

ていうか、髪でも脇毛《わきげ》でもすね毛でも、誰《だれ》かに褒められるために手入れするなんて変だ。あたしの身体《からだ》なのに。

チャイムが鳴る。

「今日の二時間で描《か》き終《お》えてくださいね」

行廣先生がはっぱをかける。みんな真剣《しんけん》に鉛筆《えんぴつ》を動かし始める。

あたしはまじまじと自分の自画像《じがぞう》を見た。

頬杖《ほおづえ》を突《つ》き、こっちを見ている、あたし。

絵心ないし、目を大きく描《か》きすぎて怪物《かいぶつ》みたいだけど、それでもまあ、そこそこかわいいあたし。

誇《ほこ》り高《たか》きギャル。そして、人間である。

あたしは、鉛筆《えんぴつ》の先でこっそりと、腕《うで》に毛を加えた。

見えるか見えないか程度《ていど》の、薄《うす》い体毛。

だけどたしかに、人間の身体《からだ》の証《あかし》として。


足を掻《か》くふりをして、すねに触《ふ》れる。

棘《とげ》のような短い突起《とっき》。

愛してやってもいいような気がする。

三段《だん》ホックとナベシャツ

ぷち、ぷち、ぷち。
手を背中《せなか》に回して、指先で三つ、ホックをかける。
私《わたし》の大きな胸《むね》を、ブラジャーの丸いカップの中に収《おさ》めるために。
Eカップの胸を収めるには、ホックが二段《だん》じゃ足りない。
三段必要。

＊

月曜の朝、学校に出かける前にスマホをチェックすると、通知が三件《けん》。
〈ひろりーぬ：冨岡《とみおか》さんよ、今週の鯖缶《さばかん》もう読んだべ？〉
〈ひろりーぬ：や　ば　い　よ〉
〈ひろりーぬ：悶《もだ》え死《じ》にそう（）〉
うわ。私は慌《あわ》てて返信する。
〈とみおかさん：ちょ、待って。ネタバレ厳禁《げんきん》だから〉
〈とみおかさん：朝コンビニ寄《よ》ってく。絶対《ぜったい》ネタバレしないでね！〉

〈ひろりーぬ：まさかあそこであの人が助太刀《すけだち》に来てくれるとはね～〉
〈とみおかさん：ネタバレすんなって言ってんだろ!!!!〉

毎週月曜日の朝は、コンビニで少年漫画誌《しょうねんまんがし》を立ち読みしてから登校する。

大好きな漫画『サイバーパンク・スマイルカンパニー』――オタクうちでの通称《つうしょう》は『鯖《さば》缶《かん》』――の最新話を読むために。

ひろみはアプリで課金してるから、日付が変わったら即《そく》最新号を読めるのが羨《うらや》ましい。

でもうちはパパの方針《ほうしん》でアプリの課金禁止《きんし》（ついでに言うと、ひろみみたいな、いわゆる「早口オタク喋《しゃべ》り」も嫌《いや》な顔される）。

だから私《わたし》は本誌《ほんし》で読むしかないんだけど、中学二年生のおこづかいじゃとても毎週は買えない。単行本コミックスのためにもお金は残しておきたいし、なんと鯖缶、この秋からアニメ化も決まってるから、これからきっとグッズとかも増《ふ》える。アクスタもぬいも欲《ほ》しいから、貯金必須《ちょきんひっす》なのだ。

でもやっぱり、リアルタイムでお話を追いかけたいのがファン心というもの。

だから、立ち読みしちゃう。ごめんなさい。

最近は立ち読み防止《ぼうし》のために、シール留《ど》めされたり、レジ前に平積みするところが増《ふ》えて困《こま》っちゃうけど、駅前のこのコンビニは、なんとなくまだ許《ゆる》されてる。

周りに同級生がいないのを確認《かくにん》してから、一度深呼吸《しんこきゅう》して、誌面《しめん》を開く。

う、うあああっ。

嘘《うそ》でしょ。センターカラー、恭也《きょうや》様のピンじゃないの。やばいやばい、尊《とうと》い。無理すでにしんどい。

私《わたし》が追いかけてる鯖缶《さばかん》――『サイバーパンク・スマイルカンパニー』――は、電脳世界《でんのうせかい》の警備会社《けいびがいしゃ》が舞台《ぶたい》のマンガだ。

主人公の少年・クラムは、バーチャル空間の治安を守る胡乱《うろん》な会社「スマイルカンパニー」のアルバイトとして雇《やと》われ、メタバースを行き来して命がけの戦いをするのだけど、空間ごとに世界観が違《ちが》って、西洋ファンタジー風もあれば和風もあり、アバターの服《ふく》装《そう》や出せる技《わざ》もどんどん変わって、とにかく毎回飽《あ》きさせないの。

私の推《お》しカプは、主人公クラム×ライバル会社の恭也の「クラ恭」。

恭也様――ああ、キャラに様付けしたりするとまたクラスの男子に白い目で見られる……でもどうしたって様付けしちゃうの――は、ライバル会社の社長の息子《むすこ》で、その分プレッシャーを受けて育ったから、自由奔放《じゆうほんぽう》なクラムと何かにつけて敵対《てきたい》するのよね。でもクラムの実力は認《みと》めているふしがあって、特にアンデッドワールド編《へん》で心ならずも共闘《きょうとう》したあたりから、態度《たいど》がじょじょに軟化《なんか》してきたっていうか、最近ではなにかと一緒《いっしょ》にいたがってるというか、え？　それはどういう感情《かんじょう》なの？　もはや愛なのでは？　みたいな、クラムへの執着心《しゅうちゃくしん》の片鱗《へんりん》を見てしまうのよ〜〜〜。

妄想《もうそう》を暴走《ぼうそう》させながら、夢中《むちゅう》でページをめくる。

はあ、恭也様、今週も美しい……てか描《か》き込《こ》みえぐ……目が足りないんですけど。えっ？　ここに来てエレナの助太刀《すけだち》⁉　なるほどね、だから木島班《きじまはん》は下層《かそう》サーバに留《とど》まってたのか。いやあ、伏線回収《ふくせんかいしゅう》たまらん。てか何⁉　は⁉　むりムリ無理、何この大ゴマ。尊《とうと》すぎか⁉　やだもうしんどい〜〜〜。マジで涙《なみだ》出そう。

「ふう……」

素晴《すば》らしかった。今週も素晴らしかった。学校に着いたらひろみと話すこと、整理しておかなきゃ。

そそくさと雑誌《ざっし》を閉《と》じ、棚《たな》に戻《もど》す。でもそのとき、

「わっ」

腕《うで》が当たって、隣《となり》に置いてあった別の少年漫画雑誌《しょうねんまんがざっし》が床《ゆか》に落ちてしまった。

慌《あわ》てて拾うけど、その表紙を見て、ぎょっとする。

水着姿《みずぎすがた》の若《わか》い女性《じょせい》が三人、海辺で微笑《ほほえ》んでいる写真だ。

カラフルなビキニの、異常《いじょう》に小さな布《ぬの》から、今にもこぼれそうな乳房《ちぶさ》。

身体《からだ》をくねらせたその曲線に沿《そ》うように、「真夏の大胆《だいたん》グラビア♡」という文字が躍《おど》る。

うっ。

私《わたし》はさっと目をそらし、急いでその雑誌を棚《たな》に戻《もど》すと、立ち読みの埋《う》め合《あ》わせのために
ペットボトルの麦茶だけ買って、足早にコンビニを出た。


ＢＬをたしなむ私だけど、現実《げんじつ》のエロは本当に苦手。嫌悪感《けんおかん》すらある。

ママの話では、昔はコンビニに平気で成人誌《せいじんし》が置いてあったらしい。成人誌って、要するにエロ本だよ？　信じられない。キモすぎる。

さすがに今はそんなことないけど、でもふつうの少年漫画誌でも、さっきみたいにグラビアアイドルの写真が表紙になってたりするし、アニメでもゲームでも、ほとんど下着みたいな衣装《いしょう》をまとった女の子のイラストは毎日のように目にする。

理不尽《りふじん》なくらい肌《はだ》を露出《ろしゅつ》した女の子が、小首をかしげて、大きな目でこちらを見つめる……どうぞ触《さわ》って、あなたの好きにして、とでも言うように。

キモい。

だけど前にこの話をいとこのお兄ちゃんにしたら、「心配しなくても、お前みたいな陰《いん》キャオタク女子のことは、誰《だれ》もそういう目で見たりしねえよ」って言われて、ほんとに傷《きず》ついた。

理由①陰キャオタクなことは今関係ないから。

理由②私《わたし》が自意識過剰《じいしきかじょう》みたいだから。

理由③お兄ちゃんの言うことは、端的《たんてき》に間違《まちが》いだから。

私、「そういう目」でめっちゃ見られてるから。

たしかに私は、ザ・陰キャオタク女子って感じの見た目だよ。

愛菜《まな》なんて、名前だけはかわいいけど、薬用リップクリーム以上のメイクなんかしたことないし、髪《かみ》も適当《てきとう》に一つくくりにしてるだけだし。分厚《ぶあつ》い眼鏡《めがね》に、制服《せいふく》の着崩《きくず》しもゼロ。小太りだし、ニキビもあるし、我《われ》ながら魅力的《みりょくてき》な外見とは言いがたい。

でも、こんな私でも、じろじろ見られることには慣《な》れている。

胸《むね》が大きいから。

夏だけどゆったりした灰色《はいいろ》のカーディガンが手放せないのは、中学生にしては大きすぎる胸を目立たせたくないからだ。私服《しふく》でもぴったりした服や露出《ろしゅつ》の多い服は避《さ》けてる。そして、なるべく猫背《ねこぜ》になって、前かがみで歩く。「そういう目」で見られないように。

性別《せいべつ》に関係なく、初めて私《わたし》を見る人は必ず、まず胸元《むなもと》に目をやる。

うん、わかる。大きいよね。

小学校のころから大きくて、小五からホックのついたブラをつけてた。そのころは周りはまだブラ自体必要ない子も多かったし、つけるとしてもブラトップか、ホックのない、上からかぶるタイプが限度《げんど》だったから、超恥《ちょうは》ずかしかったのを覚えてる。

中二になってようやく、みんなもブラをつけるようになったけど……。

本当は私も、みんなみたいにおしゃれなスポブラをつけたい。ノンワイヤーで、肩《かた》ひもが太くて、ラインやブランドのロゴが入ったようなやつ。それならスポーツウェアに近くて、「下着」って感じがあんまりしないから。

でもママはそういうのを買ってくれない。ママも胸が大きくて、そういうのじゃ胸がきちんと支《ささ》えられないって知ってるから。

実際《じっさい》そう。

胸《むね》の小さい子にはわかってもらえないけど、大きな胸は、痛《いた》いのだ。

ワイヤーが入ってて、背中《せなか》のホックでしっかり留《と》められるものじゃないと、走ったりしたときに揺《ゆ》れて、引《ひ》っ張《ぱ》られて、ふつうにめっちゃ痛い。

だから私《わたし》は、大人用のブラを買わなきゃいけない。すごく嫌《いや》だけど。

大人用の下着売り場の、なんともいえない心地悪《ここちわる》さ。

店員さんに胸のサイズを測《はか》ってもらうのは恥《は》ずかしいし、どれだけ優《やさ》しそうなお姉さんでも、服の上からだとしても、胸の周りを触《さわ》られるとゾクッとしてしまう。

それに、大きいサイズのブラって、なんであんなに派手《はで》なのが多いんだろう。濃《こ》いピンクとか赤とか黒とか、キツい色合いで、ひらひらしたフリルとかビーズの飾《かざ》りとかがついてて、なんていうか、その、セクシーな感じ。

まるで誰《だれ》かを「誘《さそ》ってる」みたい。「そういう目」で見てほしいみたい。

うー、キモい。

だから私はせめて、真っ白なブラを買ってもらう。

余計《よけい》な飾りのついていない、なるべくシンプルなブラを。

今も、繊細《せんさい》なレースのついた丸い二つのカップが、貝殻《かいがら》のように私《わたし》の胸《むね》を包んでいる。

貝ならもっとちゃんと守ってほしい。

この白い脂肪《しぼう》の塊《かたまり》ごと、隠《かく》して、覆《おお》って、見えなくさせてほしい。


「おはよう」

教室に入るなり、ひろみのそばに駆《か》け寄《よ》る。語りたいことが二千個《こ》くらいある。

「読んだ。優勝《ゆうしょう》」

「マジ優勝」

そこからはいつものようにオタク語り。早口で言葉を重ねる。

今週の恭也様がいかにかっこよかったか。恭也様の筋肉《きんにく》や、汗《あせ》、長いまつ毛について。

そして、敵《てき》の銃弾《じゅうだん》から華麗《かれい》にクラムをかばったあのシーン……。

「あんなの完全に付き合ってるっしょ」

ひろみが興奮《こうふん》気味《ぎみ》に言った。私もうなずく。

「うん。完全に付き合ってる」

わかってる。もちろん二人は付き合ってなんかいない。原作では、クラムと恭也様は恋《れん》愛関係《あいかんけい》にはない。友人とすら言えないし、むしろ敵対《てきたい》しているくらいだ。

でもそこを妄想《もうそう》で膨《ふく》らませて、二人の関係性《かんけいせい》を楽しむのが、私《わたし》たちのBL。完全なる妄想だけど、「実はカップル」と見立てることで、二倍にも三倍にも面白《おもしろ》くなるような気がする。

実際《じっさい》、インターネットにはクラム×恭也様の二次創作《そうさく》作品が溢《あふ》れている。

私はいわゆる「読《よ》み専《せん》」で、描《か》くとしてもイラストがメインだけど、ひろみは自分でも小説を書いたりするし、お母さんが（ひろみ曰《いわ》く）「歴戦《れきせん》の腐女子《ふじょし》」だから、家にいっぱい同人誌《どうじんし》があるんだって。ほとんどR18だから読ませてもらえないらしいけど。

「てかこれ見て。えんくまさんのイラスト。昨日アップされたやつ」

ひろみがポケットからスマホを取りだし、見せてきた。スマホは学校では禁止《きんし》されてるから後ろめたいけど、好奇心《こうきしん》にあらがえなくて、画面をのぞく。

「うわ、やっば。かわいい」

「でしょ。見てこの表情《ひょうじょう》。エロすぎん？」

ひろみの声がどんどん大きくなってきて、ひやひやする。

でもたしかにこれは……エッチだ。

ネットには、クラ恭のイラストもたくさん上がってる。R指定《してい》まではいかなくても、衣装《いしょう》をはだけた二人が絡《から》み合《あ》うような構図《こうず》のものも少なくない。頬《ほお》を赤らめた、上目遣《うわめづか》いのクラム。もどかしそうな表情《ひょうじょう》の恭也様。原作では決して描《えが》かれない、親密《しんみつ》な関係の二人……。

マンガ雑誌《ざっし》の表紙のグラビアにはうげってなるのに、BLのちょっとエッチなイラストはついつい見ちゃうの、自分でも矛盾《むじゅん》してるなって思う。エロは苦手なはずなのに。でも、謎《なぞ》の征服感《せいふくかん》もある。この世界に仕返しをしているような。

BLを語るとき、私《わたし》は自由だ。

ここには私を傷《きず》つけるまなざしはない。

むしろ、「そういう目」で見てやるのだ。私が。男を。

「オタクマジうるせー」

クラスの男子が舌打《したう》ちする。私は聞こえなかったふりをした。

みんなにキモがられてるの、知ってる。

オタはオタでも、アイドルとかKPOP《ケーポップ》とかのオタなら、ここまで蔑視《べっし》はされないんだろうな。非実在《ひじつざい》のキャラクターの恋愛《れんあい》――男性《だんせい》キャラクター同士《どうし》の、ときに性的なそれ

――を妄想《もうそう》するなんて、自分でも何やってんだろうとか思う。

でも、この時間がたしかに私《わたし》を支《ささ》えている。

＊

毎週木曜は塾《じゅく》があるので、美術部《びじゅつぶ》を休んで早めに帰る。

電車でいったん家に帰って、荷物を準備《じゅんび》してから、自転車で塾へ。面倒臭《めんどうくさ》いけど、仕方ない。ひろみんちと違《ちが》って、うちの親は厳《きび》しいのだ。

いつもの電車、座席《ざせき》の一番端《はし》に座《すわ》ると、バッグからスマホを取り出し、耳にイヤホンをねじこむ。『鯖缶《さばかん》』のＭＡＤ《マッド》動画でも見よう。それか、先週公開されたボイスコミックをもう一度味わうか……なんて、思ってたのに。

うわ、まただ。最悪。

そんなに混《こ》んでないのに、なぜか私のすぐ隣《となり》に、スーツ姿《すがた》のおじさんが座ってきた。

大きく広げた脚《あし》が、私《わたし》の太ももに当たる。ていうか押《お》し付《つ》けられる。

気持ち悪くて、脚をちょっと避《よ》ける。でもまだ触《ふ》れてる。いっそ立ち上がって逃《に》げたいけど、それじゃあからさまにこのおじさんを避けました、みたいになるし……。

私はスマホに目を落とした。何かで気を紛《まぎ》らわそうと、ひろみにＬＩＮＥ《ライン》を送る。

〈とみおかさん：ひろみ、今って暇《ひま》だったりする？〉

だけど、既読《きどく》はつかない。まだ部活中かな。せめてひろみとやりとりできたら楽だったのに。

なるべく気にしないようにと思うけど……でも気になってしまう。

おじさんがおもむろに腕《うで》を組んだ。肘《ひじ》の先が私の胸《むね》に当たりそうだ。電車が揺《ゆ》れるたび、その人は不自然に身体《からだ》を揺らす。まるで私に触《さわ》りたいみたいに。

気持ち悪い。なんなの。

自意識過剰《じいしきかじょう》かもしれない。

でも、他にもたくさん空いてる席があるのに。なんでわざわざここに来て、なんでわざわざそんなふうに腕を組んだりするの。

私は肩《かた》を丸め、全身にぎゅうっと力を入れた。硬《かた》い殻《から》の中に縮《ちぢ》こまるように。

見えないけど私《わたし》を守ってくれる、無敵《むてき》のバリアを想像《そうぞう》する。ウニみたいな鋭《するど》い棘《とげ》の付いたバリアには、電流が走っていて、少しでも触《ふ》れた相手を弾《はじ》き飛《と》ばすのだ。

もちろん、本当はそんなものないんだけど。

得意《とくい》の妄想力《もうそうりょく》も、現実《げんじつ》の前ではまったく歯が立たない。

ジットリとした無力感。

ガタンと電車が揺《ゆ》れた。

その拍子《ひょうし》に、おじさんが私のほうにぐっとよりかかってきた。確実《かくじつ》に、肘《ひじ》が胸《むね》に触れている。

悲鳴を上げようとするけど、声が出ない。

顔を動かすことすらできない。

視界《しかい》が潤《うる》み始《はじ》めた。

……そのとき。

「やっほ」

力の抜《ぬ》けた声がして、顔を上げると、そこにいたのは。

「真中《まなか》さん」

すっきりした短髪《たんぱつ》に、切れ長の一重。いつもスカートの下にはいた、赤いジャージ。

クラスメイトの真中硝子《しょうこ》さんが、手すりに腕《うで》をかけ、こっちを見下ろしていた。

え？　いつから？

「ちょうどよかった。さっき早記《さき》と話してたんだけどさ、球技大会《きゅうぎたいかい》の班決《はんぎ》めの話。松永《まつなが》とほっちゃんが交代したほうがよくね？　って言ってて……」

真中さんはわけのわからないことを言いながら、私《わたし》にだけ見えるように、ちょっとスマホを傾《かたむ》けた。

『大丈夫《だいじょうぶ》？』

という文字。

私は、わずかに首を横に振《ふ》る。

その瞬間《しゅんかん》、隣《となり》のおじさんがいきなり立ち上がった。私は思わず身をすくめるけど、おじさんは何も言わず、振《ふ》り返《かえ》りもせずに、足早に別の車両に移《うつ》ってしまった。

真中さんは無表情《むひょうじょう》のまま、その背中《せなか》に中指を立てた。

駅に着き、ドアが開く。ふわりと風が吹《ふ》き込《こ》む。

「顔色悪いよ。いったん降《お》りる？」

真中さんが言った。

私《わたし》はうなずいた。


降《お》りたことのない駅で降りた。

真中さんは訳知《わけし》り顔《がお》で駅前のファストフードの店に私を連れていってくれた。何か適当《てきとう》に頼《たの》んでくるから座《すわ》ってて、なんて、まるでデートみたいなエスコート。

デート？　バカみたい。私はＢＬ好きの陰《いん》キャオタク女子だし、その上胸《むね》が異常《いじょう》にデカくて、まさに今痴漢《ちかん》に遭《あ》ったところで、死んだような顔をしてるのに。

みじめすぎる。

しばらくして、コーラを二つトレイに載《の》せた真中さんが帰ってきたとき。

情《なさ》けないけど、私は、泣きだしてしまった。

真中さんは別に焦《あせ》ってるふうでもなく、紙ナプキンを差し出した。

「ごめん。ハンカチ持ってないや」

「ううん、大丈夫《だいじょうぶ》。こっちこそごめんね」

私は自分のハンカチとティッシュを取り出して、しばらくずびずび泣いた。眼鏡《めがね》をはずすと、視界《しかい》がぼんやりする。真中さんはその間、無言でコーラをすすっていた。

「ありがとう。助けてくれて」

「いや、別に」

真中さんはスンとしていた。

「てか、緊急停止《きんきゅうていし》ボタン押《お》して車掌《しゃしょう》さん呼《よ》べばよかったね。逃《に》がしちゃった。悔《くや》しい」

なんて言う。

「ううん。十分すぎるよ」

もしあのままだったら、私《わたし》は黙《だま》って耐《た》えるしかできなかったんだから。

真中さんって、クラスでもあまり話すことない。たしか女子バスケ部だっけ。林《はやし》さんとかと同じだ。林さんはいわゆるギャルってイメージで近寄《ちかよ》りがたい。でも真中さんは、林さんとも違《ちが》って……目立つけど、超然《ちょうぜん》としてるっていうか、孤高《ここう》の人って感じ。先生にどれだけ怒《おこ》られてもジャージ脱《ぬ》がないし、たまに午後の授業《じゅぎょう》受けずに帰っちゃうし、だからなんか、不良なのかなって思ってた。

それが、私みたいな子に声かけてくれるなんて。助けてくれるなんて。

なんだか現実《げんじつ》って感じがしない。

「ごめんね」

「なんで謝《あやま》んの」

「だって……」

「冨岡さんは何も悪くないよ。悪いのはあのキモいおっさんだから」

またじわっと涙《なみだ》が出てくる。

ほんと、ほんとだよね。

「よくあることなの？」

そう問われて、苦々しくうなずく。

「慣《な》れてる。知らない人にじろじろ見られたり、すれ違《ちが》いざま触《さわ》られたり……全然知らない人に、いきなり『胸《むね》大きいね』とか『牛みたい』とか言われたり」

涙のにじむ声で、ぼそぼそ言うと。

「最悪だね」

真中さんはまっすぐハッキリ言った。

うん、最悪だよね。最悪だよ。

「逃《に》げようって思うんだよ。毎回、毎回。でも身体《からだ》が動かないの」

怖《こわ》くて、気持ち悪くて、情《なさ》けなくて。

まるで手足をもがれたように、身動きを取れなくなって。

最終的には、心をシャットダウンして、見えない貝殻《かいがら》の中に引きこもるしかなくなる。

私《わたし》はコーラを一口飲んだ。ふやけた紙ストローの味がした。

ほんと、こんなの、最悪だ。

「胸《むね》が大きいってだけで」

私はそこで一度しゃくりあげた。

でも言わなきゃいけないと思った。

私、胸が大きいってだけで。

「自分の身体《からだ》じゃないみたいな気がする」

「…………」

真中さんは黙《だま》っていた。

わかるわけないか。真中さんには。だって真中さん、制服《せいふく》の上からでもわかるくらいいつるペタだもん。

背《せ》が高くて、胸はほとんどなくて、脚《あし》がすらりと長くて。

そして、痴漢《ちかん》に中指立てられる。

真中さんは、強い。

対して、私《わたし》は。

視線《しせん》を落とし、膝《ひざ》の上でぎゅっと両手を握《にぎ》る。

……ほんとはわかってる。私が痴漢に遭《あ》いやすいのは、胸《むね》が大きいからだけじゃない。

おとなしそう、抵抗《ていこう》しなさそう、大声出さなそう。

痴漢はそういう人を狙《ねら》うんだって、聞いたことある。

だから、ほんとは容姿《ようし》なんか関係ないんだよ。自分の好きなようにできるかどうかが大事なの。声を上げる勇気のない私は、自分の身体《からだ》を簡単《かんたん》に他人に譲《ゆず》り渡《わた》してしまう。

私は悪くない。悪いのは痴漢するほう。私だってそう思うし、頭では自分を責《せ》めるのは変だって理解《りかい》してる。

でも。

情《なさ》けない。

また、ぽろぽろ、涙《なみだ》がこぼれた。

真中さんはしばらく黙《だま》ってたけど、あるとき不意に、言った。

「あのさ」

私《わたし》は顔を上げた。

「胸《むね》大きいのが嫌《いや》なら、ナベシャツ使えば？」

「……え？」

予想外の言葉に、とっさに返事が追い付かない。

ナベ、シャツ？

きょとんとしたままの私に、真中さんは、

「売ってるとこ知ってるよ。連れてってあげようか？」

「え、えっと、はい」

驚《おどろ》いた勢《いきお》いのまま、ＯＫしてしまった。

＊

真中さんに連れていかれたのは、なんと、アニメショップだった。

マンガや同人誌《どうじんし》が置いてある、オタク御用達《ごようたし》の店。私も、最寄《もよ》りの店にはしょっちゅうお世話になってる。中が見えない濃《こ》い色のショッピングバッグを見るだけで、あ、仲間だなってわかる、オタクの記号みたいなものだ。

え？　え？　え？

真中さんもオタクなの？　まさかそんな。ありえない。

「来たことある？」

真中さんが振《ふ》り返《かえ》って尋《たず》ねた。

「え、あ、うん。私《わたし》『鯖缶《さばかん》』のオタクなの。あ、『鯖缶』っていうのはね『サイバーパンク・スマイルカンパニー』っていう少年漫画《しょうねんまんが》で週刊連載《しゅうかんれんさい》なんだけど、三か月に一回コミックスにまとまるんだけどそのコミックスの初版《しょはん》をこのお店で買うと特典ペーパーがもらえるのと、たまにステッカーとかもついてくるからよく来るの、あ、ごめん興味《きょうみ》ないよねだーっと喋《しゃべ》っちゃってハッとする。いけない、オタク早口が出てしまった。

「すごいね。どこで息してんの？」

だけど真中さんは平然とした顔で、ずんずん店の奥《おく》に向かう。

「あの、えっと……」

ついていくしかない。

マンガとアニメの棚《たな》を抜《ぬ》け、フィギュアやゲームのコーナーも通《とお》り過《す》ぎ、店の一番奥《おく》。

そこは、ウィッグやアニメキャラの服が並《なら》ぶ、コスプレコーナーだった。

……あら、あらあらあら。

え？　真中さん、まさかそっちの人？

つまり、コスをする人なの？

どうしよう。

アリ。アリだわ。

背《せ》が高いから衣装映《いしょうば》えしそうだし、塩顔はメイクしやすいって聞いたことある。派手《はで》な色のウィッグも似合《にあ》いそうね。となるとあのキャラやあのキャラ……。

うっかり鼻息荒《はないきあら》くなりかけたところで、真中さんが立ち止まった。

「あった。これ。ナベシャツ」

ハンガーラックから取り出したのは、「男装用《だんそうよう》　胸《むね》つぶし」と書かれたインナーだった。

「わ、すごい！」

私《わたし》はさっきまでの興奮《こうふん》をいったん置いておいて、それに飛びついた。

一見、シンプルなスポブラみたい。でも、カップは入っていない。胸の形を整えるんじゃなく、潰《つぶ》して、平らに見せてくれるものらしい。

厚《あつ》めの素材《そざい》で、余計《よけい》な飾《かざ》りは一切《いっさい》なく、脇の下《わきのした》でフックで留《と》めるようになっている。色は黒や白やベージュ。コスプレ衣装《いしょう》に響《ひび》かせないためなんだろうけど、女っぽくないのがいい。

パッケージのビフォーアフター写真を見ると、なるほど、モデルさんのもともとの胸《むね》のボリュームが、かなり抑《おさ》えられている。ちょっと苦しそうだし、完全に平らにはなってないけど、いいかも。値段《ねだん》も、いつも買ってもらってるブラよりはるかに安い。

すごい、すごいと感動する私《わたし》に、真中さんは、

「あ、でも、肌《はだ》弱いと痒《かゆ》くなるかも。ここんとこが」

と、脇の下のあたりを指さした。

え、それって。

「真中さん、使ったことあるの？」

やっぱりコスの人なんだわ。そしてきっと男装《だんそう》をたしなむんだわ。

アリよりのアリ!!!　と、脳内審査員《のうないしんさいん》が叫《さけ》んだとき。

「うん。てか今も使ってる」

真中さんはさらりとそう答えた。

私《わたし》は目をぱちくりさせた。

「え？　なんで？」

素朴《そぼく》に尋《たず》ねる。すると、真中さんは。


「あ、言ってなかったっけ。自分、女じゃないし」


「……え？」

女じゃないって、でも……それは……その……。

私はごくりと唾《つば》を飲んだ。

これは、いわゆるカミングアウト、なのかしら。

え？　こんなシチュエーションで？

アニメショップの奥《おく》の、コスプレグッズ売り場で？

「えっと……」

私は慎重《しんちょう》に言葉を選ぶ。

「じゃあ、真中さんは男性《だんせい》なの？」

「いや、そういうわけでもないかな」

真中さんは小首をかしげて、少し考えた後、答える。

「まだよくわかんないっていうか、決めてない？　みたいな。女じゃないことは確実《かくじつ》だけど。性別《せいべつ》ないかも。みたいな」

「……そうなの」

ＢＬをたしなむ者として、この世には多様な性《せい》があることは理解《りかい》しているつもりだし、そういうことになったときどう対応《たいおう》するか、ひろみときちんと話し合っていた（私《わたし》は真面目なオタクなのだ）。

「あの、話してくれてありがとう」

「え？　なんでお礼？」

ありゃ。

テンプレートは華麗《かれい》にはじき返されたけど、でも、これだけはちゃんと言わなきゃ。

「えっと、あの、他の人には言わないからね」

しどろもどろになりながら、それだけ伝える。

「ありがと。別に隠《かく》してるわけじゃないけど、言いふらしたいわけでもないから、そうしてくれると助かるかな」

私《わたし》はナベシャツを手に、少し考える。

そっか。勝手につるペタって思いこんでたけど、真中さんは胸《むね》を潰《つぶ》してたのか。

「じゃあ、実は巨乳《きょにゅう》だったりするの？」

「巨乳って」

ふはは、と、真中さんは噴《ふ》きだした。

「そんな大きくないよ。頑張《がんば》ってBってとこ」

「そうなの」

「でも、耐《た》えらんないんだよね。自分的には」

真中さんは制服《せいふく》の胸元《むなもと》を撫《な》でた。

ブラウスの下の、ナベシャツの下の、かすかなふくらみ。

「邪魔《じゃま》だし不快《ふかい》。こんなものが自分の身体《からだ》についてるのが嫌《いや》っていうか。愛せないんだよね、マジで」

真中さんの目が暗くなる。

「小さいころから、自分のこと女だと思ったことなくてさ……女になりたくて女に生まれてきたわけじゃないし」

「うん」

「でも胸《むね》がふくらんできたとき、なんていうのかな、無理やり『女にならされる』感じがした」

女に、ならされる。

わからなくない。あるときから私《わたし》たちは、女にならされる。否応《いやおう》なく。

スカートをはきなさい。ブラをつけなさい。メイクをしなさい。

あなたは女なんだから。

見られる性《せい》なんだから。選ばれる性なんだから。

そこで真中さんはこっちを見た。

「だから、ちょっと気持ちわかるかも」

「え?」

「胸があるだけで女だと決めつけられる感じ? 自分の身体《からだ》なのに、他の人にジャッジされる、みたいな。自分の身体が自分のものじゃない気がするんだよね。ほんとに」

「……そう」

真中さんはそこで、フィッティングルームの隣《となり》の椅子《いす》に腰掛《こしか》けた。コスプレコーナーには他に誰《だれ》もいないので、咎《とが》められることもなかった。

「大人になったら胸オペするよ。こんな身体《からだ》、もううんざりだ」

「胸《むね》オペ？」

「胸を取る手術《しゅじゅつ》。ぺたんこにするの」

真中さんは胸の下あたりにハサミを入れるような仕草をした。

「へえ……」

「親にはめちゃくちゃ反対されてるけどね。でも自分の身体なんだから自分の好きにしたい。自分の身体を愛しなさいとか言うけどさ、嫌《きら》う権利《けんり》だってあるじゃんね」

どこか遠くを見つめながら言う真中さんは、かっこよかった。

私《わたし》の悩《なや》みと真中さんの悩みは、全然違《ちが》う。でも、同じだ。本質的《ほんしつてき》には。

自分の身体を自分のものと思いたい。

私はナベシャツに目を落とした。

「男装用《だんそうよう》」という文字が、ひっかかる。

私《わたし》はたしかに、自分の大きな胸《むね》が嫌《きら》いだ。でも男になりたいわけじゃない。真中さんみたいに性別違和《せいべついわ》があるわけじゃない。

じゃあ、どうして？　どうして私は自分の胸が嫌いなんだろう。

邪魔《じゃま》だから？　重いから？　走ると揺《ゆ》れて痛《いた》いから？

違《ちが》うよね。違うんだよ。

心の一層《そう》下にもぐりこむ。いつも固く閉《と》ざしている殻《から》をこじ開けるように。

私が嫌《いや》なのは、この胸をじろじろ見られたり、勝手に触《さわ》られたり、下品な言葉をかけられたりすること。

そういうのさえなければ、胸が大きいってだけでこんなに気に病《や》んだりしなかった。むしろ、ぷりっと膨《ふく》らんだ形のいい胸を、かわいいとすら思えたかも。

そう、私はもともと私の身体《からだ》が嫌いだったわけじゃない。

嫌いにさせられた。

私以外の、誰《だれ》かのせいで。

私、いつまでそういうのに耐《た》えなきゃいけないんだろう？

真中さんが自分の身体を好きにするように、私だって、自分の好きにしたい。

すっと、息を吸《す》う。胸《むね》がぐっと上を向く。

「真中さん……あ、ごめん。なんて呼《よ》んだらいい？」

「いいよ、真中さんで」

「そう。じゃあ、真中さん。あのね」

「ん」

私《わたし》は、真中さんをまっすぐ見て。

きっぱりと宣言《せんげん》する。

「ナベシャツ、買わない」

「え？」

真中さんは、切れ長の目をわずかに見開いた。

私は勇気を出して、続けた。

「私、本当は自分の胸、嫌《きら》いじゃない」

本当は私、ずっと、こう言いたかった。

「胸が大きくて何が悪いの」

貝殻《かいがら》をこじ開け、柔《やわ》らかい肉に歯を立てると、がりりと、何かに突《つ》き当《あ》たる。

転がり出てきたのは、美しく光る、黒い真珠《しんじゅ》だった。

「キモい痴漢《ちかん》おじさんのために私《わたし》の綺麗《きれい》な胸《むね》を潰《つぶ》すなんて、馬鹿げてる。潰れるべきなのは痴漢のほう」

「…………」

真中さんはじっとこっちを見ている。

なんか急に恥《は》ずかしくなる。

「……あ、えっと、だから、真中さんも好きにしたらいいと思うよ。ぺたんこにしたいんだったら、すればいいいし、もちろんそのままでも素敵《すてき》だと思うし……」

あたふたして言う。すると、真中さんの頬《ほお》が柔《やわ》らかく盛《も》り上《あ》がり、ふ、と、笑い声がこぼれた。

「そうだね。ありがとう」

真中さんは二度うなずき、私の手からナベシャツを受け取ると、ラックに戻《もど》した。

「冨岡さんって、ちょっとかっこいいね」

「テキトーにぶらぶらして帰るわ」と言う真中さんと別れ、駅に向かう。塾《じゅく》には遅刻確定《ちこくかくてい》だけど、まあ今日ばかりは許《ゆる》されるだろう。
スマホを開くと、ひろみから何件《なんけん》もメッセージが届《とど》いていた。
〈ひろりーぬ：どした〉
〈ひろりーぬ：冨岡？　大丈夫《だいじょうぶ》か？〉
〈ひろりーぬ：また痴漢《ちかん》か？　怖《こわ》かったら通話してもいいぞ〉
私《わたし》は性懲《しょうこ》りもなく泣きそうになってしまう。
はたから見ればキモいかもしれないけど、私とひろみの間にはたしかに絆《きずな》がある。
しんどいこともあるけど、なんとかやっていこうと思う。
〈とみおかさん：大丈夫。ありがとう〉
そう返信して、スマホをしまう。

どんな身体《からだ》だろうと、その身体はその人のものだ。真中さんの身体は真中さんのものだし、私の身体は私のものだ。他の人には関係のないことだ。
それでも私たちは、他人の身体をまなざしてしまう。いいなと思ったり、嫌《いや》だなと思ったり、ときに自分のものにしたいとか、めちゃくちゃにしてやりたいとか思ったりする。

それは実在《じつざい》の人間でも、漫画《まんが》のキャラでも、きっと同じことなのだ。
私《わたし》たちはきっと、この暴力《ぼうりょく》から逃《のが》れることはできないのかもしれないけど。
でも、自分の身体《からだ》をしっかりと手放さずにいたいと思う。

堂々《どうどう》と歩こう。

私は深呼吸《しんこきゅう》し、背筋《せすじ》を伸《の》ばした。
制服《せいふく》のブラウスが引《ひ》っ張《ぱ》られて、大きな胸《むね》が、ぱんと上を向く。
周りの人がこっちを見る気がする。でも気にしない。
堂々と歩こう。
自分の身体を愛したとしても、嫌《きら》ったとしても。
それは自分が決めることなのだから。

誰《だれ》のことも好きじゃない

右手を弦《つる》にかけ、息を一つ。

静かに両手を上げ、弓を起こし、まっすぐ的を見ながら引《ひ》き絞《しぼ》る。

心身が一つになるまで矢を放つな、と、顧問《こもん》の堀《ほり》先生はいつも言う。

でも、心身が一つになるってどういうことだろう。

わからない。

身体《からだ》は見えても、心は見えないから。

＊

毎週金曜は図書委員の当番。カウンターに「鉛口志真《かなぐちしま》」という名札を立て、当番ノートで昨日の当番からの申し送りをチェックした後、今日返却《へんきゃく》された本を本棚《ほんだな》に戻《もど》す。

身長百三十五センチの私《わたし》にとって、本棚の一番上の段《だん》は鬼門《きもん》だ。

精一杯《せいいっぱい》背伸《せの》びするけど、届《とど》かない。

仕方ない。ステップを取ってこようかな、と思ったとき。

「貸《か》して」

誰《だれ》かが私《わたし》の手から本を取り、一番上の段《だん》に収《おさ》めた。

「あ、どうも」

くしゃくしゃの癖毛《くせげ》に、ちょっと垂《た》れた目。いつも猫背気味《ねこぜぎみ》の、新谷《しんたに》君だ。

新谷君も同じ図書委員だけど、今日は当番じゃないはず……。

「塾《じゅく》まで暇《ひま》だから。エアコン効《き》いてるとこで勉強しようと思ってさ」

新谷君は先回りしてそう答えた。

「そう。ごゆっくり」

私はぺこりと頭を下げ、カウンターに戻《もど》った。

後はカウンターに座《すわ》って、ときどき貸《か》し出《だ》し業務《ぎょうむ》をすればいい。

スクールバッグから文庫本を取りだし、読み始めようとしたとき。

「宮沢賢治《みやざわけんじ》、好きなの？」

また新谷君。

「宿題するんじゃなかったの？」

「うん。ここでしてていい？」

カウンターの中を指す。新谷君も図書委員だし、まあ、別にいいけど……。

私《わたし》が答えないうちに、新谷君はカウンターの中に入った。

「宮沢賢治ってあれだよね。『銀河鉄道《ぎんがてつどう》の夜《よる》』だっけ」

「うん。でもこれは詩集だけど」

私が文庫本の表紙を見せると、新谷君は大げさに目を丸くしてみせた。

「詩集だって！　すっげえ」

「何がすごいの」

「いや、すごいよ。鉛口さんってさ、まさに文学少女って感じ？　俺《おれ》、図書委員のくせに本あんま読まんからさ」

「私も小説はあんまり読まないよ」

「へえ、そうなんだ？」

私はカウンターの目の前の特集コーナーを見やる。

そこに並《なら》ぶ、青やピンクの表紙の小説の数々。中高生が主人公で、余命《よめい》とかタイムスリップとかそういう、泣《な》ける系《けい》の。特に女子に人気だけど、私は正直、あんまり。

「好きじゃない。恋愛《れんあい》ばっかりで」

どうして小説の世界では、青春＝恋愛、なんだろう。部活ものやミステリ風のものでも、必ず恋愛要素《れんあいようそ》が入ってくる。なんだか乗れないっていうか、自分の物語と思えないんだよね。

「クールだね」

と、新谷君は言った。

「褒《ほ》め言葉《ことば》と受け取っておく」

「褒めてるよ」

新谷君は歯を見せて笑った。宿題、する気あるんだろうか。

「あ、そうだ。来月の特集、佐久間倫子《さくまりんこ》だって」

しょうがないから、業務連絡《ぎょうむれんらく》。新谷君に当番ノートを見せながら、

「返却本《へんきゃくぼん》の中に入ってたら、本棚《ほんだな》に戻《もど》さずにここに積んどいて」

「へえ。サクマ？　誰《だれ》だっけ？」

「佐久間倫子。『きみのこと』の人だよ。うちの卒業生」

「へえー。知らんな」

「どっちかというと大人向けだからね。でも有名だよ」

まあ、私《わたし》はあんまり好きじゃないけど。

「何系《なにけい》？　ミステリー？」

「いや、恋愛《れんあい》小説」

「じゃあダメじゃん、鉛口さんは」

「そうなんだよね」

卒業生の作家ってことで、何冊《なんさつ》か読んでみた。

たしかに心情描写《しんじょうびょうしゃ》はすごかったし、テンポがよくてグイグイ読ませるから、ファンが多いのもうなずける。有名な賞《しょう》も何度も獲《と》ってるらしいから、正真正銘《しょうしんしょうめい》の売れっ子作家だ。

だけど、私《わたし》は好きじゃない。恋愛小説だから。


私には恋《こい》がわからない。

誰《だれ》かにキュンキュンしたことなんか一度もないし、これからもないと思う。


見た目が好みだなって人はいるし、一緒《いっしょ》にいて楽しいなって思える人もいる。でもだからって、四六時中一緒にいたいとか、相手の何もかもを知りたいとか、まして手をつなぎたいとかキスしたいとかは、全く、全然、思わない。

昔のハリウッド映画《えいが》なんかで、人類の存亡《そんぼう》がかかった大ピンチ、一秒を争う展開《てんかい》……って場面で、ヒーローがヒロインにキスしたりすると、なんかもうめちゃくちゃ萎《な》えてしまう。今それ必要ですか？　とか思って。

あとは、シェアハウスに若者《わかもの》何人かを集めて観察する恋愛《れんあい》リアリティーショーとか。

「年頃《としごろ》の若者が一緒《いっしょ》にいれば自然に恋愛が発生するだろう」っていう前提《ぜんてい》がまず理解《りかい》できなくて、入《はい》り込《こ》めない。

でも、大部分の視聴者《しちょうしゃ》はなんの問題もなく飲み込めるんだろうな。

そして大部分の中学生も。

マンガでも小説でもドラマでも、十代のキャラクターはたいてい恋愛に夢中《むちゅう》だもん。

みんな、恋愛こそが一大事みたい。

「しーちゃん!!」

そのとき、甲高《かんだか》い声が響《ひび》いた。

「明日香《あすか》」

ふわふわの髪《かみ》を二つくくりにして、極限《きょくげん》までスカートを短くしてる。

片八重歯《かたやえば》に、甘《あま》ったるいえくぼ。ふやけた笑顔《えがお》の、私《わたし》の親友。

明日香はカウンターにもたれかかる。

「ここにいたんだ。弓道場《きゅうどうじょう》のほうまで行っちゃったよう」

明日香はそうぶうたれて、弓を引く仕草をした。

「金曜は図書委員だから」

「言ってよお」

「言ったよ」

明日香はいつも私《わたし》の話を忘《わす》れてしまう。ちょっぴりお馬鹿さんなのだ。

「あ、でも、堂前《どうまえ》君がマトマエ？　のほうにいたよ」

「え」

明日香はナチュラルに私の心を抉《えぐ》る。

的前《まとまえ》っていうのは、その名のとおり、的の前のこと。的に向かって矢を射《い》ることだ。

弓道では、初心者はすぐに的の前には立たせてもらえない。

弓を引くには筋力《きんりょく》が必要だ。そして、射法八節《しゃほうはっせつ》という正しい型《かた》を覚えること。それができなければ、二十八メートル先の的なんて射抜《いぬ》けない。

まずは素引《すび》き練習、ゴム弓《きゅう》練習。そして巻《ま》き藁《わら》練習。巻き藁……でっかい俵《たわら》みたいなものを的に見立てて練習をする。巻《ま》き藁《わら》までの距離《きょり》は約二メートル。

弓道部《きゅうどうぶ》に入部して一年以上経《た》つのに、私《わたし》はまだ、巻き藁メインで練習している。たまに的前に立たせてもらうこともあるけど、それだって高校生の先輩《せんぱい》から指導《しどう》を受けるときだけ。一人で自由に練習はできない。

人より身体《からだ》が小さくて、筋力《きんりょく》もないから、なかなか上達しないのも仕方ないけど……まさか入部二か月やそこらの後輩に抜《ぬ》かされるとは。

さすがにしんどい。

「マジか……」

落《お》ち込《こ》む私だけど、明日香は悪びれもせず、

「やめちゃえばいいのに。しーちゃんってほんと、弓道好きなんだねえ」

なんて言う。

やめちゃえば、なんて、簡単《かんたん》に言ってくれるよな。

そもそも、中学で弓道部があるのはかなり珍《めずら》しい。うちは中高一貫校《いっかんこう》だから、高校の弓道部にお客さんとして混《ま》ぜてもらってるというほうが正しい。

練習も週二で、筋トレばっかりだし、高校の先輩は袴《はかま》をはくけど、私たち中学生は体操《たいそう》

着《ぎ》だし、なのに足袋《たび》と弽《ゆがけ》——弓道用《きゅうどうよう》の鹿革《しかがわ》の手袋《てぶくろ》——はつけているから、なんだかちぐはぐ。中学の間は大会にも出られないし、だから当然幽霊部員《ゆうれいぶいん》ばかりで、真面目にやってるのは私《わたし》と堂前君くらいだ。

それでも私は弓道が好きだ。

雑念《ざつねん》を払《はら》い、心を無にする。

足の開き方。指の位置。呼吸《こきゅう》の深さ。それらを身体《からだ》に覚《おぼ》え込《こ》ませ、完璧《かんぺき》にこなすことだけに集中しながら、精神《せいしん》を統一《とういつ》する。

やることはとてもシンプルで、あれこれごちゃごちゃ考える必要がない。それが私には合ってる。

早く一人で的前に立ちたい。

なんて、考えていたら。

「あ、新谷君じゃん。やっほー」

明日香がカウンターの中を覗《のぞ》き込《こ》み、新谷君に手を振《ふ》った。

「ウス」

新谷君は明日香にちょっと会釈《えしゃく》した後、私を小突《こづ》いた。

「しーちゃんって呼《よ》ばれてるんだ？」

「うん。志真だから、しーちゃん」

「へえ」

新谷君は含《ふく》み笑《わら》いで、

「かわいいね」

と言った。

なんと返していいかわからず、眉《まゆ》をひそめていると、

「しーちゃん、顔！」

明日香があははっと笑った。その甲高《かんだか》い声に、「男の子の前モード」を感じて、ちょっと心がざらつく。

私《わたし》は唇《くちびる》の前で指を立てた。

「図書室ではお静かに」

図書室を閉《し》めた後、明日香と一緒《いっしょ》に帰る。

「あ、そういえば、しーちゃん、聞いた？　藤《ふじ》君の話」

「藤君？」

藤君って、隣《となり》のクラスの男子。すごく背《せ》が高くて、いつも落ち着いている。

一年のとき同じクラスだったけど、あんまり喋《しゃべ》らなかった。地味目っていうか、どこかちょっと人と距離《きょり》を取ってるような感じがした。教室の隅《すみ》から人間観察してるような。

「そう。藤君のお母さんって、小説家さんなんだって」

「へえ」

「へえって何！　図書委員でしょ」

「小説あんま読まないし。ていうかそもそもなんていう人？　ペンネームは？」

「えー？　わかんない。忘《わす》れちゃった。でも有名な人」

「なんだよそれ」

結局なんにもわからない。

「でもかっこいいよねえ。家族が小説家なんて！　藤君も文才あるのかなあ」

あ、まずい。この瞳《ひとみ》の輝《かがや》き。明日香の夢見《ゆめみ》がちスイッチが入りかけてる。

私《わたし》は釘《くぎ》を刺《さ》した。

「好きにならないでよ」

明日香は子どもっぽく頬《ほお》を膨《ふく》らませた。

「もう、しーちゃんのいじわる!」

明日香は恋《こい》多き少女だ。典型的《てんけいてき》な恋愛体質《れんあいたいしつ》。

移《うつ》り気《ぎ》で一目《ひとめ》惚《ぼ》れしがち。失恋した翌日《よくじつ》にはもう別の人を好きになっている。

はっきりした理由とかはなくて、いつもいきなり恋に落ちる。

まるで、そう、キューピッドの金の矢が刺《さ》さったみたいに。

「誰《だれ》かを好きになると、その人のことで頭がいっぱいになるの。相手に好かれたくて、一秒でも長く一緒《いっしょ》にいたくて、何もかも知りたいって思っちゃう」

と、明日香は言う。

「たった一人の、特別な関係なの。好きってそういうこと」

って。

そんなこと言ったら、誰だって世界にたった一人の存在《そんざい》だし、付き合い方だって人によって別々なんだから、全員特別な関係じゃないのか。と、私《わたし》は思うけど、そういうことじゃないらしい。理屈《りくつ》じゃないのが恋《こい》なのだ。

なんだかそれって、不合理だし、すごく疲《つか》れそう。

それにしても、よくもまあこれだけたくさんの人を好きになれるなと思う。生来の楽天家ともいえるし、どうしようもない寂《さみ》しがりともいえる。どちらも私《わたし》にはない要素《ようそ》だ。

昔はここまでじゃなかった。

明日香とは幼稚園《ようちえん》のころからのご近所さんだ。明日香んちは夫婦関係《ふうふかんけい》が常《つね》にゴタついていて、大ゲンカの間完全に放置されている明日香を、うちで「保護《ほご》」することも何度もあった。でも明日香は、へらへら笑っていた。明日香ってそういう子なのだ。

対して私は表情《ひょうじょう》が薄《うす》く、怖《こわ》いと言われることが多い。友達を作るのが苦手なタイプだし、愛想笑《あいそわら》いもうまくできないから、クラスの友達を泣かせたことも一度ならずある。

でも明日香は、いつだって私の味方だった。

ぶりっ子キャラの明日香もまた、クラスでは浮《う》きがちだったけど、でも同族意識《どうぞくいしき》とか同《どう》情《じょう》ではたぶんなくて、本当に心から心配してくれた。明日香ってそういう子だから。

だから私は明日香と親友になった。

最初のころは、共通の話題もあった。飼《か》っているウサギの話。好きな海外のファンタジー小説。花を育てて素敵《すてき》な庭を造《つく》るゲームのこと。将来《しょうらい》どんな家に住みたいか。

でも小学校高学年くらいになると、明日香はぐんぐん背《せ》が伸《の》びて、胸《むね》も大きくなって、長い髪《かみ》を巻《ま》き始《はじ》めて、そして……、恋愛《れんあい》の話しかしなくなった。

対して私《わたし》はいつまでも小柄《こがら》でやせっぽっちで、小学生と間違《まちが》われるくらい。そしていまだに恋《こい》がわからない。

なんていうか、明日香を見てると、友情《ゆうじょう》は恋愛より格《かく》が低いのかな、とか思う。だって、恋人のこと「友達以上の存在《そんざい》」とか言うじゃん。

私はいつの間にか、明日香の「友達」から、「ただの友達」になった。

明日香には、月替《つきが》わり、いや、ひどいときは週替わりで新しい好きな人ができて、付き合った人も一人や二人ではないけど、いつも三か月持たない。そしてまた別の人を好きになる。

そんな明日香が、周りからどう見られてるか、知ってる。

どんな言葉で悪口言われてるかも、知ってる。

それでも私は明日香の友達だ。

明日香のことが好きだ。

たまにこれは恋愛感情《れんあいかんじょう》なのでは？　と疑《うたが》いたくなる。そのほうがまだ理解《りかい》できるから。

でも違《ちが》う。絶対《ぜったい》に違う。

私《わたし》は明日香のことで頭がいっぱいになったりしないし、一秒でも長く一緒《いっしょ》にいたいとか、何もかも知りたいとかも思わない。

明日香に限《かぎ》らず、それが誰《だれ》であったとしても。自分の人生の中心に他人がいるなんて、考えられない。

私に恋《こい》はわからないけど、明日香の言う恋が恋ならば、これは絶対に恋じゃない。


明日香からのメッセージは、わかりやすい。

付き合ってる人がいる間は全く届《とど》かなくなり、振《ふ》ったあるいは振られた途端《とたん》、大量のメッセージが送りつけられる。

たまにうんざりして、適当《てきとう》な返信で終わらせることもある。

でも、今日はそうはいかなかった。

〈Aska♡：新谷君、絶対しーちゃんのこと好きだよ〉

〈鉛口志真：……はい？〉

なんの話だ。
画面《がめん》越《ご》しに、明日香がやれやれとため息をついたのがわかる。
〈Aska♡：あんなにアピールしてるのになんでわかんないの？〉
アピール？　なんのこと？
しばらく手が止まってしまう。
〈Aska♡：図書委員のとき！　やたら距離《きょり》近かったじゃん〉
〈鉛口志真：そう？〉
〈Aska♡：そうだよお！　前にもすごい親切だって言ってたでしょ〉
そう言われれば、まあ、親切ではあると思うけど。
高いところに手が届《とど》かないとき手伝ってくれるし。委員会でもよく話しかけてくれる。
「え？」
声が出た。
そういうこと？　それって気があるってことなの？
〈Aska♡：やっぱりわかってなかったんだ？　新谷君かわいそぉ〉
そんなこと言われても。

なんだか責《せ》められてるみたいでモヤモヤする。

〈鉛口志真：何回も言ってるけど、私《わたし》には恋愛《れんあい》はわかんないんだって〉

〈Aska♡：それは、しーちゃんがまだ運命の相手に巡《めぐ》り合《あ》ってないからだよぅ！〉

私は思わずスマホを投げてやりそうになった。

運命の相手って、なんだそれ。

じゃあ、小学校のころのオノッチとか宮野《みやの》君とか、冴木《さえき》先生とかカク先輩《せんぱい》とかは、みんな明日香にとっての運命の人だったんですか？　三か月やそこらで冷める恋《こい》でも、運命なんですか？

でも、画面の向こうの明日香にはこのイライラは伝わらない。

とにかくこの話題は嫌《いや》だ。終わらせたい。

〈鉛口志真：だから、私はそういうのがない人なの〉

そう言ってうやむやにしようとするけど、明日香は放してくれない。

〈Aska♡：えー？　まだ十四歳《さい》だよ？　決めつけるの早くない？〉

決めつけてるのはどっちなんだ。

どうしようもなく苛立《いらだ》つけど、うまく説明できない。だって、ないものは証明《しょうめい》できないから。
〈Aska♡：しーちゃん、新谷君のこと嫌《きら》い？〉
〈鉛口志真：別に嫌いじゃないけど〉
そりゃ、いい人だと思う。
委員の仕事サボらないし、話しやすいし。
でも「嫌《きら》いじゃない」からって「好き」ってことには断《だん》じてならない。
どうしてそれがわかんないんだろう。
〈鉛口志真：とにかく、私《わたし》はそういうのはいいの〉
既読《きどく》がついてから、三十秒の沈黙《ちんもく》。
〈Aska♡：しーちゃんはいつもそう言うけどさ〉
〈Aska♡：試《ため》さないとわからなくない？〉
試す？
試すって、何を？

＊

日曜。私《わたし》たちは中央駅前のショッピングモールの映画館《えいがかん》にいた。

私たちというのは、私と、明日香と、明日香の今の思い人の桂《かつら》君と、そして、新谷君。

桂君と新谷君は陸上部つながりらしい。新谷君って陸上部だったんだって、まずそこから知らなかったんだけど。

「グループデートしよ！」って、明日香が勝手に決めて、明日香が勝手に連絡《れんらく》して、明日香が勝手にこの三人を集めたのだ。

正直来たくなかった。

「へえ、鉛口さんってふだんそういう服なんだ」

って、桂君が言った。

今日の私は、シンプルな襟付《えりつ》きシャツに七分丈《ぶたけ》のジーンズ、斜《なな》めがけの茶色いバッグ。

最近気に入ってるスタイルだ。

リボンのついたカットソーにピンクのミニスカート姿《すがた》の明日香と並《なら》ぶと、完全に引き立て役だけど、私はこういう地味なほうが落ち着くのだ。

「かわいいね」

と、新谷君が言い、桂君がニヤニヤしながら肘《ひじ》で小突《こづ》く。

なんだか嫌《いや》な感じ。

私《わたし》だってこの服、かわいいと思う。なのに嬉《うれ》しくない。いや別に新谷君を責《せ》めるわけじゃないけど、でも新谷君に褒《ほ》められたいから着てるわけじゃない。というか。

「ねえ、私もう帰りたいんだけど」

明日香に耳打ちすると、明日香はびっくりした顔をして、

「何言ってんの。この映画観《えいがみ》たいって言ったの、しーちゃんじゃん！」

なんて返してきた。

たしかにこの映画、ずっと観たいと思ってたけど、この四人で観たいとは言ってないじゃん。なんで私が発案者みたいになってんの。

で、なんでポップコーン二つ買って、明日香と桂君、私と新谷君で分けて食べるみたいになってんの。無理すぎる。

映画が始まる前の時間が苦痛《くつう》で、始まってからも、終わるな、終わるなって思って。

結局、全然集中してストーリーを追えなかった。せっかく好きな監督《かんとく》の新作だったのに。

がっかり。

でも別に新谷君や桂君が悪いわけじゃないしな。

楽しくなさそうな顔をして盛《も》り下《さ》げるのもよくないよね。ただでさえ私《わたし》、表情薄《ひょうじょううす》いで有名なんだから。頑張《がんば》って笑わないと。

その後フードコートでご飯を食べ、みんなでプリクラを撮《と》り、断《ことわ》るタイミングを摑《つか》めないまま、カラオケに行くことになった。

一応《いちおう》今日はお母さんからお小遣《こづか》いをもらってきたから、お財布的《さいふてき》には大丈夫《だいじょうぶ》だけど。ふだんこんな遊び方しないから、ものすごく疲《つか》れる。

だいたいカラオケって好きじゃない。

暗くて狭《せま》くてちょっと怖《こわ》いし、先生が生徒だけで行くなと言うのもわかる（誰《だれ》も守ってないけど）。

歌ってる間は手持《ても》ち無沙汰《ぶさた》になるけど、大音響《だいおんきょう》のせいでお互《たが》い声がよく聞こえないから、話そうとすると必然的に身体《からだ》を寄《よ》せ合《あ》う格好《かっこう》になる。

私はそれが嫌《きら》い。そして、明日香はたぶんそれが好き。

しばらくして、明日香と桂君がドリンクを注ぎに部屋を出ていった。新谷君は最近流行《はや》りのアニメの主題歌を歌っている。声が低いから高音がきつそう。

特に感慨《かんがい》もなく、カラオケ画面をぼーっと眺《なが》めていたら、明日香が部屋に帰ってきた。

「しーちゃん、ちょっと」

と耳打ちされる。え、何？

私《わたし》は明日香に連れられて部屋の外に出た。

あれ、明日香、なんでバッグ持ってるの？

「しーちゃん、聞いて。桂君と付き合うことになった！」

「……は？」

興奮気味《こうふんぎみ》の明日香。ほっぺが赤く上気している。

嘘《うそ》でしょ。なんで。この一瞬《いっしゅん》で？

「私たちここで抜《ぬ》けるね。あとは二人で楽しんでね！」

「な、ちょっと、え？」

驚《おどろ》く私を尻目《しりめ》に、明日香は飛《と》び跳《は》ねるように手を振《ふ》り、去っていった。

マジか。

頭を殴《なぐ》られたような衝撃《しょうげき》のまま、よろよろ部屋に入る。新谷君が歌うのをやめ、こっちを見た。

「どうした？」

どうしたも何も。

「あの二人、付き合うんだって。帰っちゃった」

「おお、マジか……」

「引くよね」

「正直ちょっと」

新谷君は気まずそうに身体《からだ》を揺《ゆ》らした。

画面の中で、歌われない歌詞《かし》のテロップの色だけが変わっていく。

「どうする、俺《おれ》らは？」

「………」

どう答えればいいんだろう。

「とりあえず、今予約入れてる分だけでも歌うか」

「……そう、だね」

曲が終わり、次の曲のイントロが始まる。私《わたし》が入れた曲だ。仕方なくマイクに手を伸《の》ばし、歌い始める。四人のときは大丈夫《だいじょうぶ》だったのに、二人きりだと異常《いじょう》に気まずい。新谷君のほうを見られない。変な汗《あせ》をかきながら、画面だけを見つめ、うわずった声で歌い続ける。なんなんだ、この時間。

ああそれにしても、JPOP《ジェーポップ》って恋愛《れんあい》ソングばっかり。「きみがすき」以外のことを歌ったら死ぬ呪《のろ》いにかかってるのかってくらい。

好きなのに振《ふ》り向《む》いてくれないとか。別れたけど忘《わす》れられないとか。ずっと一緒《いっしょ》にいたいとか、また巡《めぐ》り合《あ》いたいとか。メロディーとしては好きでも、共感はまったくできない。「きみがすき」と歌うとき、その「きみ」には顔がない。

す、ご、く、しんどい。

間奏《かんそう》になった。ジュースを飲もうと、テーブルのほうに手を伸《の》ばす。

すると、それに合わせるようにして、新谷君がこっちに手を伸ばしてきた。

手と手がわずかに触《ふ》れる。

ぞくりとする。

「!」

私《わたし》はとっさに手を振《ふ》り払《はら》った。

でもよく見ると、新谷君は私《わたし》に触《さわ》ろうとしたわけじゃなかった。ただリモコンを取ろうとしてただけだ。

なのに、大げさにはねのけてしまった。

「ご、ごめん」

慌《あわ》てて謝《あやま》ると、新谷君は一瞬《いっしゅん》だけ押《お》し黙《だま》り、いつものくだけた笑《え》みで言った。

「そろそろ帰るか」


「新谷君、本当にごめんね」

駅まで無言の帰り道。

耐《た》えられなくなって、私は小さく謝った。

すると、新谷君が振《ふ》り返《かえ》る。

「なんで謝るの？」

私は、答えられない。

赤信号で止まる。この交差点を越《こ》えたら、駅はすぐそこだ。待ち時間を表示《ひょうじ》する赤いバーが、少しずつ減《へ》っていく。

新谷君が言った。

「俺《おれ》こそごめん。なんか無理させたっぽいし」

「あ……」

私《わたし》は絶望的《ぜつぼうてき》な気分になる。

気づかれていた。

待ち時間のバーが、あと二つになった。

「あのさ、わかってるかもしれんけど、俺、鉛口さんのこと好きなんだよね」

心臓《しんぞう》が跳《は》ねる。

私は新谷君のほうを見て、顔を合わせていられなくて、うつむいた。

何か答えなきゃと思うけれど、言葉が出てこない。

「……うん」

結局、うなずくことしかできなかった。

「それは付き合えないの『うん』？」

「……うん」

信号が青に変わる。

「そっか。まあそんな気はしてたわ」

新谷君はからりと笑った。少なくとも、声の上では。

「明日からもふつうに接《せっ》してくれる？」

「えっと、……うん」

「オッケ。じゃあ今日はここで。また明日！」

新谷君はそう言うと、私《わたし》を置いて交差点を渡《わた》っていった。

「あ、うん。また明日……」

私は追いかけることができない。こっち側に取り残される。

信号がまた赤に変わる。

明日からもふつうに接する？　もちろん。もちろんだよ。

でもきっと新谷君のほうがふつうに接してくれなくなるだろうな、という、暗い予感。

なんか、プツンッて糸が切れたみたいになる。

じわじわ減《へ》っていく待ち時間のバーを見ながら、虚脱感《きょだつかん》で立《た》ち尽《つ》くす。

どうしてこうなっちゃうんだろう。

私、新谷君のこと、嫌《きら》いじゃなかった。友達として、信頼《しんらい》してた。

でも、新谷君にとってはそうじゃなかった。

新谷君にとって私《わたし》は「ただの友達」じゃなかった。

そして今私が新谷君を振《ふ》ったことで、私たちはもう「ただの友達」ですらいられなくなる。私のそばにいることは、もしかしたら新谷君を傷《きず》つけることになってしまう。

なんで恋愛《れんあい》になると、こうも面倒《めんどう》くさくなってしまうんだろう。

好きと嫌《きら》いのどっちかしかなくなる。

「好きじゃない」と「嫌い」は違《ちが》うのに。

どうしてどうしてどうして。

＊

明日香とは会いたくなかった。

メッセージも既読《きどく》スルーしていた。

でも、明日香ってそういうのが通じる相手じゃない。

「しーちゃん」

火曜の放課後。いつものように巻《ま》き藁《わら》の前で素引《すび》き練習をしていたら、弓道場《きゅうどうじょう》の入り口から明日香が声をかけてきた。

「一人？　他の人は？」

無視《むし》すりゃいいのに、答えてしまう。

「高校の先輩《せんぱい》たちは今日ミーティングだから」

「へえ。じゃあ今は一人なんだ？」

「…………」

「入っていい？」

「…………」

答えてないのに、入ってこようとする明日香。ああ、もう。

「土足厳禁《げんきん》。靴《くつ》脱《ぬ》いで」

「はあい」

明日香は、「わ、床《ゆか》冷たい」なんて言いながら、私《わたし》に近づいてくる。

謝《あやま》りに来たのかなって思った。でも。

「ね、聞いて。一昨日《おととい》、あれから桂君と一緒《いっしょ》に帰ってね、家まで送ってくれたの。優《やさ》しいでしょ」

明日香の声は弾《はず》んでいた。いつものやつだ。浮《うわ》ついた感じ。

「来週末も一緒《いっしょ》に遊ぼうって。めっちゃメッセージくれるんだよ」

それを言うためにわざわざここまで来たの？

うんざり。

「しーちゃん？」

明日香が私《わたし》の顔を覗《のぞ》き込《こ》んだ。ゆるく巻《ま》いた髪《かみ》が肩《かた》に落ちる。

「しーちゃん、なんか怒《おこ》ってる？」

私は黙《だま》ったまま、矢立てから矢を取った。

本当は、先生のいないときは矢を放っちゃいけない。危険《きけん》だから。

でも明日香はそのルールを知らない。

そして今私は、猛烈《もうれつ》に、イライラしている。

明日香に指摘《してき》されなくたってわかる。私は今、怒っている。

「あれからどうなった？　新谷君と」

「振《ふ》った」

「ええっ、なんで！」

なんで？

私《わたし》は明日香のほうを見ず、射法八節《しゃほうはっせつ》の動作に入った。明日香がちょっと身を引いた。

的に向かって横向きに立つ。足踏《あしぶ》みをし、矢をつがえる。

「ねえ、何回も言ってるよね。私は誰《だれ》かのこと好きになったりしないんだって」

姿勢《しせい》を整える。足、腰《こし》、肩《かた》と、身体《からだ》の縦線《たてせん》を垂直《すいちょく》に保《たも》つ。

首を左にひねって巻き藁《まわら》を見据《みす》え、静かに弓を打ち起こす。

そして弓を引き分ける。

「でも試《ため》してみないと」

「試すって何！」

大声が出た。

狙《ねら》いを定める。ぎりぎりと、弦《つる》が鳴る。

心が冷えていく。

視線《しせん》はまっすぐ巻き藁の中央を見据えているのに、明日香がびくっと体を震《ふる》わせるのも見える気がする。空間全体を掌握《しょうあく》するような不思議な感覚。

「嫌《いや》なものは嫌なの。嫌な思いするってわかってるのに、なんで『試《ため》しに』やらなきゃいけないの？」

弓を引《ひ》き絞《しぼ》りながら、私《わたし》は言った。

わざわざ心配してくれなくても、私のことは私が一番わかっている。

私がこうなのは、まだ幼《おさな》いからじゃない。単に必要としていないだけのことを、未熟《みじゅく》だとか言われたくない。

自分のことなんだから、試さなくたってわかる。

私を変えようとするな。

「私は誰《だれ》のことも好きにならない！」

矢が手を離《はな》れる。

鋭《するど》い弦音《つるね》とともに放たれた矢は、まっすぐに飛び、巻《ま》き藁《わら》の中央に中《あた》った。

ふう……。

わずかに目を閉《と》じ、精神《せいしん》を統一《とういつ》する。

ぱたぱたと走り去る足音がして、やっと振《ふ》り返《かえ》ると、もう明日香の姿《すがた》はなかった。

代わりに、入り口に顧問《こもん》の堀先生が立っていた。

やば。生徒だけで矢を放ったことがバレる。

「あ、すみません……！」

だけど、堀先生は、私《わたし》を叱《しか》らず、ただ一言、

「来週から的前に立ちなさい」

と、言った。

＊

こんな凹《へこ》んでるのに、昇降口《しょうこうぐち》で新谷君と一緒《いっしょ》になってしまった。

最悪だ。

「よっす」

でも新谷君はいつもと変わらない。

なんだか拍子《ひょうし》抜《ぬ》けする。露骨《ろこつ》に避《さ》けられたりするかと怯《おび》えてたから。

「なんだよ、その顔」

う。顔に出てたらしい。

「いや、もうふつうに話してくれないかと思ったから……」

「ええっ、俺《おれ》ってそんな信用ない？」

新谷君は大げさに驚《おどろ》いて見せた。

気遣《きづか》ってくれたのかもしれないけど、ちょっとだけ気持ちが軽くなる。

今なら話せそうな気がする。

何を？

聞いてほしいこと。誰《だれ》かに。

私《わたし》は手でちょいちょいと手招《てまね》きをして、人の通らなそうな廊下《ろうか》の隅《すみ》に移動《いどう》した。

「あのね……」

深呼吸《しんこきゅう》して、打ち明ける。

「実は私、恋愛《れんあい》とかよくわからなくて」

「俺もよくわからんわ」

「そうじゃなくて……だから……」

唇《くちびる》を噛《か》み、言葉を探《さが》す。

説明が難《むずか》しいけど、でもきちんと伝えたいから。

「誰《だれ》かのこと好きになったり、付き合ったり、手をつないだり、そういうの……理《り》解《かい》できないっていうか。そうなりたいと全然思わない。新谷君だけじゃなくて、誰からも」

誰のことも好きにならない。私《わたし》は。

これまでも、これから先も、たぶんずっと。

新谷君は、神妙《しんみょう》な面《おも》持《も》ちで聞いている。

なんだか急に不安になってきた。

「いや別に、みんながそう思うのはいいんだけど……私はしたいと思わないっていうか。だから本当にごめん。私にはそういうのが欠けてるから……」

「欠けてるって何？」

新谷君が、ぽんと放った、言葉。

「鉛口さんって何かが欠けてんの？　そんな鉛口さんを好きになった俺《おれ》ってじゃあなんなん？」

「…………」

うぐ。それも、そうか。

新谷君はくしゃっと笑った。

「鉛口さんは別になんも欠けてないよ。むしろこっちが余計《よけい》なこと考えてんだから」

「余計なこと？」

「そう。余計なことばっか、ずっと」

新谷君は腕《うで》を組み、壁《かべ》に背中《せなか》を預《あず》けた。

「好きな人のこと一日中うだうだ考えちゃうし、さっきの話つまんなかったかなとか、キモかったかなとか、どうにもならんことで悩《なや》んだりさ。ほんと意味ねー」

そこで新谷君は私《わたし》のほうをちょっと見た。冗談《じょうだん》めいた調子で、

「しかもその恋《こい》は突然《とつぜん》終わったりするし」

「本当にごめん」

「いやいや。謝《あやま》んないで」

新谷君は慌《あわ》てて手を振《ふ》ってから、

「だからさ、なんていうの、うーん、わかんないならいいんじゃない、それで」

まっすぐ私を見る。

「別にはちゃめちゃ素晴《すば》らしいものでもないよ。恋愛《れんあい》なんて」

その一言で、心がふわりと上を向いた。

恋《こい》なんて別に、素晴らしいものじゃない。

意味不明だし面倒臭《めんどうくさ》いし理不尽《りふじん》だし。

振《ふ》り回《まわ》されるだけ振り回されて、報《むく》われるとも限《かぎ》らない。

わけのわからないものだ。考えれば考えるほど。

おかしなものだ。恋《こい》って。

でも。

「言っとくけど、今俺《おれ》めっちゃ勇気出して喋《しゃべ》ってるからね。逃《に》げ出《だ》したいぜ本当は。マジ情《なさ》けなくて死にそうなんだから」

「でもまあ俺の恋は散ったけど、それでもフツーに生活は続くし、まあ一日二日は凹《へこ》んだけどさ、俺には他にも陸上とかゲームとかあるし、だから全然大丈夫《だいじょうぶ》だよ。鉛口さんのこと嫌《きら》いになったわけでもねーし、こうやってまたなんとなく話せたりとかもしてるしさ」

あ、でももう宿題やるって嘘《うそ》ついて図書室行くのはやめるわ、と、新谷君は笑う。

「愛こそが全てじゃあるまいし、大丈夫だよ」

愛こそが全てじゃあるまいし。

そう、そうだよね。

恋愛《れんあい》が一番大事、なわけない。

私《わたし》たちの人生は、もっとずっと幅広《はばひろ》いもののはずだ。

「友達でしょ？　俺《おれ》ら」

「……うん」

うん。うん。私はうつむき、何度もうなずく。

「え待ってマジで。泣かないで困《こま》る」

「大丈夫《だいじょうぶ》。大丈夫……」

新谷君は私が落ち着くまで待ってから、最後に付け加えるように、言った。

「明日香ちゃん、さっき中庭んとこいたよ。泣いてた。行ってあげたら？」

＊

果たして明日香は泣いていた。

中庭のど真ん中のベンチで。

こういうとき、どこかに隠《かく》れるんじゃなくむしろ人目につくところで泣くのが明日香らしいと思う。

やれやれと思いつつ、隣《となり》に腰《こし》かける。

すると、明日香は開口一番、こう言った。

「桂君があんな人だと思わなかった」

がっくり。

この流れで彼氏《かれし》の話する？　と思ったけど。

でも少し様子が違《ちが》った。

明日香は泣いているというより怒《おこ》っているように見えた。

「だって、明日香は鉛口さんの話ばっかりしすぎだって。そんなに好きなら鉛口さんと付き合えば、とか言われた。ほんとムカつく」

「……へえ」

「で、別れたの」

三日か。最短記録更新《こうしん》だな。

明日香は自分の考えがうまく整理できないようで、うーとかあーとか唸《うな》った。

そして不意に、泣《な》き腫《は》らした顔でこっちを見やり、

「しーちゃん、私《わたし》と付き合う？」

「何言ってんの。嫌《いや》だよ」

「だよね」

明日香は子どもみたいに足をぶらぶらさせた。

「でも私、しーちゃんのこと好きだよ」

そう言う明日香に嘘《うそ》はないんだろうと思う。

だけど。

「私は誰《だれ》のことも好きにならない」

繰《く》り返《かえ》す。明日香が理解《りかい》するまで、何度も。

「ごめんね」

明日香はそこでようやく謝《あやま》った。

「でも私、しーちゃんが寂《さみ》しいのは嫌《いや》なんだよ」

「え？」

明日香は目をぐるぐるさせてしばらく考えた後、切り出した。

「私《わたし》、すぐ人を好きになっちゃうでしょ」

「うん」

「誰《だれ》かに恋《こい》してる間は幸せだけど、好きな人がいないと、なんていうか、すごい寂《さみ》しいんだよね。誰かにそばにいてほしいの」

「私がいるじゃん」

「そうだけど、そうじゃないの。だってしーちゃんは私の友達だけど、でもしーちゃんにとって私は別に特別な一人じゃないじゃん。私がしーちゃんに百あげても、しーちゃんは百返してくれないじゃん」

驚《おどろ》いた。

明日香って実は私のことわかってる。

そして、明日香の抱《かか》える寂しさも。

小さいころの明日香の姿《すがた》が蘇《よみがえ》る。

お父さんとお母さんに無視《むし》されて、ご飯もらえなくて、一人でうちまで歩いてきた明日香。どこか後ろ暗そうな顔で、「しーちゃん、遊ぼ」と言う。

心に開いた大きな穴《あな》を、明日香は自力で埋《う》めることができない。だから他の誰《だれ》かで埋めようとする。その穴を開けたのは本当はキューピッドじゃないのに。

そしてたぶん明日香は、他のみんなにも同じように穴が開いてるって思ってる。お馬鹿さんだけど、でも優《やさ》しいと思う。

「私《わたし》は寂《さみ》しくなんかないから大丈夫《だいじょうぶ》だよ」

誰《だれ》かにいつも、百%自分を想《おも》っていてほしいってことを、寂しいと言うのなら。私はそうは思わないよ。

「私はたしかに、明日香に百あげることはできない。それでも、明日香のこと、大事だと思ってるよ。たまに面倒臭《めんどうくさ》いけど」

私は明日香の一番の相手じゃないし、明日香の寂しさを完璧《かんぺき》に埋めてあげられないけど、それでも明日香のことたしかに友達だと思ってる。

「それじゃダメ?」

明日香は唇《くちびる》をギュッと噛《か》んだ。潤《うる》んだ目が震《ふる》えた。

「友達でしょ。私たち」

「うん」

もしかしてこの先、私《わたし》も恋《こい》に落ちることがあるのかもしれない。将来《しょうらい》のことなんか誰《だれ》にもわからないし、別にそうなったらそれでいいと思う。

でもだからって今私が思うことが間違《まちが》いってことにはならないだろう。

私には恋がわからない。現状《げんじょう》、必要としていない。

でも、感情《かんじょう》がないわけじゃない。人を愛せないわけでもない。

大事な関係は、ある。

「しーちゃんごめんね。仲直りしよう」

「うん。いいよ」

「ありがとう。しーちゃん大好き」

明日香は私にすがりつき、またグスグス泣いた。

私はそんな明日香の頭を撫《な》でながら、でもこの子はどうせまたすぐ別の人を好きになるんだろうな、とか、思う。

またキューピッドが矢を放ったら。

でもまあ別にそれでいい。

明日香が誰と付き合おうが構《かま》わないし、独占《どくせん》したいとも思わない。

いつも一緒《いっしょ》にいたいわけじゃない。一番大事な相手でもない。
でも今この瞬間《しゅんかん》、明日香の隣《となり》にいることを、魂《たましい》の底から、嬉《うれ》しいって思う。
それでいい。

NO《ノー》 MEANS《ミーンズ》 NO《ノー》

佐久間　倫子（さくま　りんこ、生年月日非公表《ひこうひょう》）は、日本の小説家。女性《じょせい》。S県T市出身、在住《ざいじゅう》。２０〇〇年、『エデンの恋《こい》』でデビュー。以降《いこう》、恋愛小説《れんあいしょうせつ》を精力《せいりょく》的《てき》に発表し、『きみのこと』で「女性による女性のための官能小説賞《かんのうしょうせつしょう》」大賞受賞《たいしょうじゅしょう》。審査員《しんさいん》からは「女性たちの生と性、その、ままならなさを、赤裸々《せきらら》に抒情的《じょじょうてき》に描《えが》いている」と評《ひょう》された。

『楽園《らくえん》の蝶《ちょう》』で「島津恋愛文学賞《しまづれんあいぶんがくしょう》」受賞。同作にて「書店大賞《しょてんたいしょう》」第2位となる。

佐久間倫子《さくまりんこ》の最新作『デッドロック』は、発売以来スマッシュヒットとなっている。男子高校生が主人公のこの作品は、基本《きほん》はビターなラブストーリーだが、ミステリーやアクションの要素《ようそ》も入った意欲作《いよくさく》だ。『楽園の蝶』と並《なら》ぶ著者《ちょしゃ》の代表作となることは確実《かくじつ》で、うちの学校の図書室でも予約者多数とか。

佐久間倫子って、俺《おれ》のおかん。本名は藤《ふじ》倫子。

養ってもらってる身分で文句《もんく》は言えないが、自分の母親が恋愛小説の人気作家で、その作品を日本中が読んでるってのは、中学生の息子《むすこ》としては、正直、かなり、ビミョーな気持ちだ。

嘘《うそ》。ビミョーなんてものじゃない。最悪だ。

恋愛《れんあい》といっても、爽《さわ》やかな青春モノとか純愛《じゅんあい》ストーリーではない。佐久間倫子作品の世界観は、基本《きほん》ジットリしている。

嫉妬《しっと》、情欲《じょうよく》、なまめかしく身を焦《こ》がすような恋《こい》……。

そんなだから、必ずと言っていいほど、「そういうシーン」が挟《はさ》まれる。

つまり、主人公とその恋人が、「そういうこと」をするシーン。

わかるだろ？

まあ別にそれ自体はいい。映画《えいが》とかでも、家族で見てると気まずくなるようなシーンは、しょっちゅうあるし。俺《おれ》だってそこまでナイーブではない。

でもふつうはタブーっていうか、触《ふ》れちゃいけないことになっている。

たとえば「赤ちゃんはどうやってできるの？」なんて尋《たず》ねたら、多くの親は「そんなこと訊《き》かないの！」って怒《おこ》るだろう。

でもうちの場合、おかんがリビングで電話越《でんわご》しに編集者《へんしゅうしゃ》と「じゃあこのシーンで二人が初めて寝《ね》ることにしましょうか」とか「このキャラには中絶経験《ちゅうぜつけいけん》があって」とか平気で話してるわけ。

勘弁《かんべん》してくれよ。

だから俺《おれ》は、いわゆる耳年増《みみどしま》ってやつ（男だけど）。

親密《しんみつ》になった男女がどういうことをするのか、そしてその結果どういうことが起こりうるのか、たぶんみんなよりずっと詳《くわ》しく知っている。

とはいえ同級生たちだって、大人が思ってるほど純粋無垢《じゅんすいむく》でもないはずだ。十四にもなれば誰《だれ》だって、ムラムラすることくらいあるだろう。そういう妄想《もうそう》をしたり、一人でこっそり気持ちよくなること（わかるだろ？）をしたりすることだってあるはず。

でも一応《いちおう》、大人の前では、何も知りませんよって顔をする。だって教科書に載《の》ってないし、大人もそれを「ないもの」としてふるまってんだから。

なんかすごい変な感じだよな。

じゃあみんなどうやって生まれてきたんですか？　って話。

アダムとイブの時代から、人間はみんな「そういうこと」をして繁栄《はんえい》してきたのに、なぜか声高《こわだか》に触《ふ》れてはいけないことになっている。

まるでそれが悪いことみたいに。罪《つみ》みたいに。

隠《かく》す。

でもまあ仕方ないよな。気まずいだろ、だって。俺《おれ》だって別に、みんなとこんな話なんかしたくないし。

だいたい、中二ってさ、精神年齢《せいしんねんれい》かなりバラバラなわけ。

合唱部の澤田悠太《さわだゆうた》なんか、まだ半分小学生だ。あんまりにも幼《おさな》くて恥《は》ずかしくなる。新谷《しんたに》はまだ話せるし、土岐《とき》もいいやつだけど、下坂《しもさか》はかなりヤバい。

かと思えば真中《まなか》さんみたいな、なんかトーテツした大人っぽいタイプもいて、要するに油断《ゆだん》ならない。

遅《おそ》すぎてもダメだし、早すぎてもダメ。足並《あしな》みを揃《そろ》えないと。

変なやつだと思われたら終わりだ。「いわゆるふつうの中二」として、きちんとポジショニングしておかないと。

小学校のころはそれでしくじった。

性教育《せいきょういく》の授業《じゅぎょう》で知識《ちしき》を自慢《じまん》げにひけらかした結果、ヘンタイと呼《よ》ばれ、軽く不登校になった。いや、あれは俺が悪かった。思ったよりみんな、まだ幼かったのだ。

もう二度とあんな間違《まちが》いは犯《おか》さない。そう決めて、わざわざ受験までして遠くの中高一貫校《いっかんこう》に進んだ。

派手《はで》なやつともオタクっぽいやつとも距離《きょり》を取り、なるべく目立たず、あれこれ喋《しゃべ》らず、クールな無口キャラで通してきた。

今のクラスでも、基本《きほん》は一人でいる。ペアを組むことがあれば、土岐と組むけど、あんまりべたべたはしたくない。悠太はごめんだ。あいつは幼《おさな》すぎる。

そしてもちろん、おかんのことは絶対《ぜったい》に秘密《ひみつ》。

と、思ってたのにな。

＊

「藤君、見たよ。昨日のテレビ」

「……はあ」

木曜日。職員室《しょくいんしつ》の前の廊下《ろうか》で、川原《かわはら》先生に呼《よ》び止《と》められたとき、嫌《いや》な予感がした。

「お母さんのインタビュー！　すごかったね」

「はあ」

最悪。夕方の地方ローカルのニュースだから誰《だれ》も見ないだろうと思ってたのに。

川原先生はほくほくした顔で、続ける。

「新作、すごい人気らしいじゃないか。『デッドロック』だっけ。先生も買って読もうと思ってるよ」

「はあ、そっすか」

いや、『デッドロック』が出たの、もう三か月も前だし。テレビ見て、にわかファンになってるだけだな。

いろいろ思うところはあったけど、とにかく先生の声がでかいのが気になってそれどころではなかった。

「誇《ほこ》らしいことだよ。本校出身者が大人気作家とはね！」

あーほんと、親と一緒《いっしょ》の中学なんか進むんじゃなかった。

学校の図書室に親の本が並《なら》ぶってだけでもかなりキツいものがあるのに。

「それで、もしよかったら、学校に講演《こうえん》に来てもらったりできないものかな？」

「あーいや、そういうのは……」

このおっさん、何言ってんだよ。

こっちがなんのために隠《かく》してるのかわかんないのかね。みんなにも母親はライターってことで通してんだぞ。

「そうか。まあ、機会があればね。ともかく、佐久間倫子先生……おっと、お母さんに、よろしく伝えてね！」

「あー、はい」

鼻息荒《はないきあら》く言う先生を振《ふ》り払《はら》うように、職員室《しょくいんしつ》を後にした俺《おれ》は。

近くで、同級生がその会話を聞いていたことに気づかなかった。


噂《うわさ》は、光の速さで伝わった。


金曜の朝、妙《みょう》にみんなの視線《しせん》がまとわりつくと思ったら。

「おい藤！　買ったぜ、これ」

なんて、興奮気味《こうふんぎみ》に駆《か》け寄《よ》ってくる土岐。

その手には見覚えのある黒い表紙。『デッドロック』だ。

あーマジかよ最悪だ。

「まだ全部読んでないけどさ、面白《おもしろ》い」

俺《おれ》は無言のまま席に着いた。このまま聞こえないふりしてたら何もなかったことにならないだろうか。

ならなかった。

「これお前の母さんなんだろ？」

土岐が隣《となり》の席に腰《こし》かけ、尋《たず》ねる。

「なんで知ってんだよ」

遠回しに肯定《こうてい》すると、土岐は太い眉《まゆ》をひょいと上げた。

「クラスＬＩＮＥ《ライン》でみんな話してたべ」

クラスＬＩＮＥ？

「そんなんあんの」

「あるよ」

「なんで俺は入ってないの」

「お前が入らんって言ったんだろ」

そうだったっけ。

「通知がうざいとか言ってさ」

「あー」

通知ってか、ベタベタした関係が嫌《いや》だっただけだと思うけど。なんでクラスメイトと学校の外でもつながっていたいのかわからん。

でもちょっとソワソワする。みんな、どんな話してんだろう。いや、興味《きょうみ》ないけど。

土岐は頭をガシャガシャ掻《か》いた。

「まあ、入りたくない気持ちもわからんでもないけどね。女子たちが毎日うるせえの。ピーチクパーチク……」

「土岐くん！　聞こえてるよ！」

「ゴメンナサ〜イ」

女子に叱《しか》られた土岐は振《ふ》り返《かえ》って謝《あやま》り、そして再《ふたた》び俺《おれ》に向き直った。

「なんで隠《かく》してたんだよ」

「いや、だって、恥《は》ずいし」

「何が恥ずいんだよ！　すげえことじゃん！」

おい、土岐、声が大きい。

他のクラスメイトも集まってくる。

「お、藤のお母さんの話？」

「私《わたし》、あれは読んだことあるよ。なんだっけ、黄色い表紙のやつ」

う、しんどい。注目されるのがマジでしんどい。

放《ほ》っといてくれ、と大声で叫《さけ》んで逃《に》げ出《だ》したいけど、できない。いつもクールで泰然自《たいぜんじ》若《じゃく》キャラでやってきたから。でも、

「俺《おれ》ふだん本とか読まんからさ、久《ひさ》しぶりに必死に読んでるわ。面白《おもしろ》い。ちょっと難《むずか》しいけど頑張《がんば》って読む」

なんて、土岐に言われるのは、素直《すなお》に嬉《うれ》しいっていうか、正直悪い気はしなかった。

いやまあ、俺が書いたわけじゃないんだけど。

「そんなに面白いんだ？」

「うん、なんかミステリー系《けい》？」

「へえ。すごい。藤君のお母さん、頭いいんだね」

「いや、そんなんじゃ……」

否定《ひてい》しようとするけど、声がふにゃふにゃしてる。

やっぱ、親が売れっ子作家って、みんなにとってはなんか特別なことなんだな。こんなに注目されるようなことなんだ。こんなんなら、隠《かく》すことでもなかったかな……なんて思い始める。

表情《ひょうじょう》がゆるむのを隠そうと、明後日《あさって》のほうを向く。すると。

信房《のぶふさ》が、ニヤニヤしながらこっちを見ていた。

信房明良《あきよし》。俺《おれ》はこいつと相性《あいしょう》が悪い。

医者の息子《むすこ》で、頭が良くて、今からもう大学受験のこと考えてるような、周りを見下してるタイプのガリ勉。顔はニキビだらけで、もちろんモテないが、なぜか余裕風《よゆうかぜ》吹かせていて、俺を選ばないお前らがおかしいんだって顔をしている。そういうのが一番子どもっぽくてダサい。

俺はこいつが嫌《きら》いだし、信房は信房で俺のことが嫌いっぽく、何かと突《つ》っかかってくる。俺が数学の成績《せいせき》がいいのが気に入らないんだろう。やれやれ。土岐と二人で信房の悪口を言うのは、ほとんど日課になっている。

どうせ羨《うらや》ましいんだろ。お前の親は医者かもしれんけど、うちの親なんか作家だからな。なんて、優越感《ゆうえつかん》で心持ち顎《あご》が上《あ》がる。

だけど。

なぜか信房は話に入ってこようとせず、不気味な薄《うす》ら笑《わら》いを浮《う》かべながら、こっちを見ていた。

キモ。

「なんだよ」

いい加減《かげん》イライラして声をかけると、信房は、待ってましたとばかりに腰《こし》を上げた。

そのくせ、「別に」とか言って焦《じ》らしてくる。

「なんなんだよ、信房。言いたいことがあるならハッキリ言えよ」

土岐も応戦《おうせん》した。すると、信房は、

「いや、だって、佐久間倫子ってさ……」

勝《か》ち誇《ほこ》ったような顔で、一言。

「すけべじゃん。なんか」

一瞬《いっしゅん》で、我《われ》に返った。

さあっと、血の気が引く。

「え、そうなの？」

悠太が訊《き》いた。信房は得意《とくい》げに、

「俺《おれ》は読んだことねえけど、姉貴《あねき》が言ってた。『そーゆーシーン』が多いんだって」

「そーゆーシーンって？」

「お前にはまだ早い」

信房は悠太を子どもみたいにあしらうと、あのニヤニヤした笑《え》みで俺を見据《みす》えた。

お前の母ちゃん、ヘンタイなんじゃねえの？　と、目が語っている。

ああ、俺はこれを恐《おそ》れていたんだって、ようやく思い出す。

いい気になってる場合か。なんのために隠《かく》してたか、忘《わす》れたのか。

ヤバい。ヤバい。言い返さないと。でもどうやって？

結局、何も言えない。

なんか妙《みょう》な雰囲気《ふんいき》になる。

俺が黙《だま》っているので、信房はいよいよ勢《いきお》いづいた。

「もしかして、藤もその辺、経験豊富《けいけんほうふ》だったりすんの？」

土岐が立ち上がった。

「信房お前、いい加減《かげん》に……」


「そうだけど？」


は？　俺《おれ》、今、なんて言った？

「だから何？」

口が勝手にそう動く。動揺《どうよう》するのがわかった。誰《だれ》が？　みんなが？　いや、俺が。

信房は、ヒュッと息を吸《す》った。

「……ヤバ。引くわ～」

そのときチャイムが鳴り、先生が教室に入ってきた。

「ハイみんな、着席して！　授業《じゅぎょう》始めるぞ」

俺は死にたい気持ちで、席に着き、突《つ》っぷした。

＊

「おかんのせいで最悪だよ」

その晩《ばん》、俺《おれ》はリビングで直訴《じきそ》した。

向かいの席で、おかんはのんきにリンゴを食っている。

ヘアバンドで雑《ざつ》にかき上げたぼさぼさの髪《かみ》、ノーメイクの顔、ダサい服。

全国のファンは、佐久間倫子の正体がこんな「ザ・おばさん」みたいな人だって知ってるんだろうか。インタビュー映像《えいぞう》を見て気絶《きぜつ》したりしなかっただろうか。

「学校中の噂《うわさ》になってる。だからテレビに出るなんてやめろって言ったんだよ」

「噂ってどんな？」

おかんに問われ、一瞬《いっしゅん》言いよどむ。信房との一件《いっけん》は、さすがに言えない。

「藤のおかんは、ちょっとエッチな小説書いてるって」

「ほんとのことじゃん」

だから問題なんだよ！

全然伝わってなさそうだけど。

「孝之《たかゆき》、今さら何言ってるんだ。この人、雑誌《ざっし》や新聞なんかは何度も出てるじゃないか」

カウンターキッチンで、おとんが皿を洗《あら》いながら言った。

おかんは在宅《ざいたく》ワーカーだけど、小説しかできない人なので、家事はほぼ全ておとんがやる。おとんはそれに文句《もんく》一つ言わない。俺《おれ》ですらイライラするのに、おとんはたいていのことには動じないのだ。さすが、勤《つと》めてる市役所で「今月のニコニコ賞《しょう》」をもらってくるだけのことはある。

俺はおとんに食い下がった。

「だって、俺がエロいやつみたいに思われるじゃん」

「短絡的《たんらくてき》だなあ。そんなわけないでしょう」

そんなわけあるんだよ。

勢《いきお》いでついた嘘《うそ》とはいえ、もうクラスのみんなは俺のこと「経験豊富《けいけんほうふ》なやつ」って思ってんだから。

そんな事情《じじょう》も知らず、おかんはリンゴをしゃくしゃく噛《か》みながら言った。

「エロくて何が悪い。セックスは悪いことじゃないんだぞ」

「うざすぎ死ね」

「孝之」

おとんが睨《にら》みつける。

「スミマセン」

エロくて何が悪い、か。そりゃそうかもしれんけどさ。

でもやっぱ気まずいだろ。なんかこう、嫌悪感《けんおかん》？　みたいのがあるじゃん。

たまにマジでゾッとする。

この世界の人間、ほとんどみんな、誰《だれ》かと誰かが「そういうこと」をしたから生まれたんだよな、とか思うと。

登下校でよくすれ違《ちが》うあの小汚《こぎたな》いおっさんも、近所のコンビニの感じ悪いおばさんも？

ウゲ。

おかんはちっとも悪びれず、舌《した》を出した。

「悪いけど今月はもう一本テレビに出るよん」

「やめてくれ」

「文句《もんく》言うな。あんたの食費《しょくひ》も学費《がくひ》もおかんの小説が稼《かせ》いでんだぞ」

「倫子さん」

「スミマセン」

おとんはおかんをたしなめると、俺《おれ》にもリンゴを差し出した。

うちではリンゴの皮は剝《む》かない。滑《なめ》らかでつやつやした赤い皮。一方、纖維質《せんいしつ》な実は、切断面《せつだんめん》が少しざらついていて、どこか人間の皮膚《ひふ》に似《に》ている。

俺はリンゴを一口嚙《か》んでから、言った。

「親がエロ小説家って言われる気持ちわかんのかよ」

「何言ってんの、おかんの書いてるのはエロ小説じゃないよ。そんなこと言ったら本物のエロ小説家に怒《おこ》られちゃうよ」

「そういうことじゃなくて」

「だいたい、エロ小説家の何が悪いの。立派《りっぱ》な職業《しょくぎょう》でしょうが」

「だからそういうことじゃなく」

ああ、伝わらん。

親ってマジでうざい。

「孝之、倫子さんは素晴《すば》らしい仕事をしていて、それは誇《ほこ》るべきことなんだよ。どんな仕事だってそうだよ。恥《は》じる必要はない」

おとんが諭《さと》してくる。

「あと十年もすればわかるよ」

あーもう。じゃあ十年後に言ってくれ。

今俺《おれ》が欲《ほ》しいのは、そんな言葉じゃないんだよ。

でもじゃあどんな言葉が欲しいのかと訊《き》かれると、困《こま》ってしまうが。

とにかく、まずいことになったのはたしかだ。

＊

週明けの月曜、学校行くのはマジで気が重かった。

でもここで休むと、そこからまたグズグズ不登校モードになる可能性《かのうせい》がある。ここは勇気を出して登校せねば。

俺の入ってないクラスＬＩＮＥ《ライン》とやらで、どんな噂《うわさ》が流れてるのか、考えたくもない。

藤の母親はエロ小説家、だから藤はエロ、遊びまくってる……とか？　他のクラスや学年の人にまで伝わってたらどうしよう。

先週の金曜、みんなはあれから何も訊《き》いてこなかった。訊いてこないから、弁解《べんかい》して修《しゅう》正《せい》するチャンスもない。だからって、嘘《うそ》でしたなんて今さら言い出すのもアホみたいだ。みんなもう忘《わす》れてるかもしれないし。いや、忘れててほしいっていう希望だけどさ。

重い気持ちで教室に入る。すると。

「藤君、おはよー」

「おう、おはよう」

あれ？　意外とみんなフツー？

「おはよう」

「おはよ」

ふつうに挨拶《あいさつ》してくれる。

いや、でもなんかちょっと違和感《いわかん》あるな。

井桁《いげた》さんとか中沢《なかざわ》さんとか、ふだん俺《おれ》にあいさつとかする子たちだったっけ？　なんなんだ、この変化。

俺が戸惑《とまど》っていると、女子数人が俺の机《つくえ》のそばにやってきて、尋《たず》ねた。

「藤君」

「うん？」

「あのさ。年上の彼女《かのじょ》がいるって本当？」

「え」

え、何、そういうことになってんの？

なんと答えていいかわからない。俺《おれ》はまごついたあげく、

「どうだろう」

なんて濁《にご》してしまった。

ああ、もう、俺の馬鹿。これじゃ肯定《こうてい》してるみたいじゃないか。

「きゃー、何それ」

「なんか藤君って大人っぽいと思ってたんだあ」

女子たちが急にきゃあきゃあ言い出す。え、なんでここでテンション上がる？

男子たちはというと、みんな一歩引いて、観察してるって感じ。

信房も、なぜか突《つ》っかかってこない。

なんなんだこれ。怖《こわ》がられてる？　いや、もしかすると。

ちょっと一目置かれてる？

「…………」

俺《おれ》は唇《くちびる》を巻《ま》き込《こ》み、頭を高速回転させる。

男子の世界で成り上がるには、レースに勝つか、コースから外れるかしかない。これは常識《じょうしき》。

具体的に言うと、勉強や運動で抜《ぬ》きん出《で》るか、馬鹿になるか、あるいは不良になるかってことだ。

もしかして。俺、最後のカテゴリに入れられてしまった？

大人びてる、までは、ふつうだ。でも、進んでるとか遊んでるとかは、また別の話。

ヒエラルキーから完全に逸脱《いつだつ》すると、ちょっとソンケーされたりとかもする。

女子たちがちらちら俺を見る目線は、好奇心《こうきしん》？　それとも……好意？

そう思った瞬間《しゅんかん》、ぴりぴりしびれるような感覚がした。

虚栄心《きょえいしん》が、むくむく膨《ふく》らんでくる。

嘘《うそ》なのに。

毒《どく》なのに。

「おい、藤」

土岐だけはいつもどおりだ。

「何言ってんだよお前。年上の彼女《かのじょ》なんかいないくせに」

茶化すわけでもなく、笑顔《えがお》で言う土岐。他意はないんだと思う。ただの事実確認《かくにん》。

でもなんか急に、うっとうしいような気がしてきた。

水差すなよって思う。せっかく酔《よ》ってんのに。

「信房のことなら、あんま気にすんなよ。な？」

なんて、俺《おれ》を心配するような口ぶりだけど、なんか上から目線じゃね？　何様？　なんて、嫌《いや》な感情《かんじょう》が渦巻《うずま》く。

「うるさいな、ほっとけよ」

また、口が勝手に動いていた。

土岐は目を丸くした。

ああ、まずい、そう思ったときには、もう。

「ああ、そうかよ」

土岐はプイと踵《きびす》を返《かえ》し、離《はな》れていってしまった。

あー。ミスった。

いやなんかもう、ミスってばっかりだ。昨日からずっと。

俺《おれ》、ずっと、教室の隅《すみ》からクラスメイトたちを観察してるつもりでいた。クールに構《かま》えて、あいつは幼《おさな》いとか、あいつは油断《ゆだん》ならないとか……そうやって距離《きょり》を取って、評価《ひょうか》して、自分は関わらないでいるつもりだった。

思い上がりもいいところだ。

＊

すでにサイテーの俺だが、その後、なおとんでもないことが起こった。

土岐とケンカして教室にいづらくなり、昼休みの時間を持《も》て余《あま》す俺。いつも一人でいるつもりだったけど、よく考えたら最近は土岐としゃべってることのほうが多かった。一人って、こんなに所在《しょざい》なかったっけ？

どうにも居心地《いごこち》が悪く、用事もないのに廊下《ろうか》に出る。

すると。

「藤孝之君、だよね？」

俺《おれ》が出てくるのを待っていたかのように、突然《とつぜん》そう声をかけてきたのは、三年生の先輩《せんぱい》だった。

髪《かみ》が長くて、大人っぽい。背《せ》の高さは俺の喉仏《のどぼとけ》くらい。

ポテッとした唇《くちびる》は、何かを塗《ぬ》っているのか、ぬらぬら光ってる。その上胸《むね》がデカくて、どこ見ていいかわかんなくてドギマギする。

「私《わたし》、三年の槙《まき》ハルカ。ちょっとお話しない？」

「あ、え？　はい……」

なんで俺のこと知ってるんですかとか、話ってなんですかとか、いろいろ疑問《ぎもん》はあったけど、戸惑《とまど》いが勝ちすぎてロボットみたいな応答《おうとう》になる。

「ありがと。来て」

すると、ハルカ先輩は俺の手を取り（！）階段《かいだん》のほうへ引《ひ》っ張《ぱ》っていった。

すれ違《ちが》う生徒たちが、ちらちらこっちを見る。

俺は状況《じょうきょう》についていけない。

屋上の前の踊《おど》り場《ば》で、先輩はようやく手を離《はな》した。

「ごめんね、びっくりしたよね」

「あ、はい、その……」

汗《あせ》だくになった手のひらをズボンで拭《ふ》く。ハルカ先輩《せんぱい》はちょっと笑い、

「私《わたし》、ファンなの。佐久間倫子の」

「あ」

ああ、そういうこと……。膨《ふく》らんだ気持ちがしゅんとしぼみそうになるけど、

「藤君が佐久間先生の子どもだって知って、お話したくなっちゃって。強引《ごういん》だったかな、ごめんね」

そう言ってちらりと舌《した》を出すハルカ先輩に、うっかりドキッとする。冷静になってみると、すごいきれいな人だ。

「別に、いいですけど」

「本当？　嬉《うれ》しい」

「でも、おかんの話なんか聞いてもつまんないと思いますよ。家ではグウタラな人だし」

「ふふっ、おかんって呼《よ》んでるの？」

ハルカ先輩が笑うと、なんかまごつく。開襟《かいきん》シャツの襟《えり》ぐりがきわどく開いているのが見えて、目のやりどころに困《こま》る。

ハルカ先輩《せんぱい》は階段《かいだん》に腰《こし》を下ろすと、ぽんぽん、と、隣《となり》を叩《たた》くしぐさをした。

そこに座《すわ》れってこと？

「もっといろいろ聞かせて。佐久間先生のこと」

ハルカ先輩は甘《あま》ったるい笑顔《えがお》で。

「それと、藤君のことも」


翌日《よくじつ》も、翌々日も、俺《おれ》はハルカ先輩に呼《よ》び出《だ》された。強引《ごういん》だなって思うけど、教室に居《い》場所《ばしょ》もないし、ついていくしかない。

クラスメイトたちからの視線《しせん》が背中《せなか》に刺《さ》さる。熱いのも、冷たいのも。

ハルカ先輩は、最初こそ佐久間倫子の話をしていたけれど、早々に飽《あ》き、俺のことばかり尋《たず》ねるようになった。

大したこと言ってないのに、面白《おもしろ》いとか、頭いいねえとか、やたら褒《ほ》めてくるし。

よりかかったり、手を触《さわ》ってきたりする。

どういうつもりなのかわからなくて、なるべく自然に見えるように避《よ》ける。するとハルカ先輩はいよいよベタベタしてくる。

なんなんだろう、この人。

本当におかんの本を読んでるのかも怪《あや》しい。

でも、ハルカ先輩《せんぱい》と並《なら》んで歩いてるのは、正直ちょっと気分いい。

なんだろう、格上《かくあ》げされたような気持ち？

俺《おれ》には年上の彼女《かのじょ》がいるんだぞって、見せびらかしてるような。

いや、別に彼女とかではないんだけど。

でもどうせみんなはそう思《おも》い込《こ》んでるんだし、嘘《うそ》を本当にしてやってもいいか、なんて、ほとんどやけみたいに思う。

土岐は口をきいてくれない。

いいさ、もう。どうせもともとダサいやつだと思ってたし。

みんなが勘違《かんちが》いしてる、「進んでる藤君」像《ぞう》に、こっちから合わせにいってやる。

＊

木曜の昼休み、ハルカ先輩が言った。

「あのさ、孝之君」

「はい？」

「家、遊びに行っていいかな？」

「え？」

一瞬《いっしゅん》、何を言われているかわからなかった。

「あ、えっと、もしかしておかんに会いたいってことですか？　すみません、今日は編集《へんしゅう》者《しゃ》と打ち合わせで東京で……」

「ううん」

ハルカ先輩《せんぱい》がぐっと身を乗り出した。

大きな丸い目。その瞳《ひとみ》の中に、情《なさ》けない顔をした俺《おれ》が映《うつ》っている。

「孝之君の部屋。見たい」

ビーッ、ビーッ、ビーッ。

心の中で、危険《きけん》を告《つ》げるサイレンが鳴る。

でも、麻痺《まひ》した心はストップをかけられない。

「……いいっすよ」

「お邪魔《じゃま》します」

で、放課後。

流されるまま、うちのマンションに先輩《せんぱい》を連れてきてしまった、俺《おれ》。

どうする。どうすればいい。

一方のハルカ先輩は、なんか余裕風《よゆうふう》だけど。

「佐久間先生は出張《しゅっちょう》なんだよね。お父さんは？」

「仕事っす。七時くらいまで帰ってこないかも」

「なんのお仕事してるの？」

「市役所職員《しょくいん》っす」

「へえ……」

あいまいな笑顔《えがお》で、ハルカ先輩はうなずく。

「あ、えっと、こっちっす。俺の部屋」

うわずった声で、自室に通す。ちょうど先週の日曜に大掃除《おおそうじ》したところだから、一応綺麗《いちおうきれい》でよかった。見られたくないものは、デスクの引き出しに隠《かく》してあるし。

「わー、男の子の部屋だ」

なんて言いながら、ハルカ先輩《せんぱい》は俺《おれ》の部屋をじろじろ見た。

俺は、なんと答えていいかわからない。

そもそも、部屋が見たいって、どういうことだ？

ここで何をするっていうんだよ。

なんか変な汗《あせ》が出てきた。

ハルカ先輩は、俺の本棚《ほんだな》を見ながら、

「読書家なんだね、頭いいわけだ」

「いや、別に……」

「まあでも、そりゃそっか。作家さんの子どもだもんね」

少しの間、沈黙《ちんもく》になった。

お互《たが》い立ったままってのも変だ。

「あ、その、適当《てきとう》に座《すわ》ってください」

と言うと、ハルカ先輩は逆《ぎゃく》に、

「孝之君、そこ座って」

と、ベッドを指さした。ベッドを？

「え？　あ、はい……」

命じられるまま、俺《おれ》は腰《こし》を下ろした。

え？　え？　え？

すると、ハルカ先輩《せんぱい》はすぐ隣《となり》に座《すわ》った。先輩が脚《あし》を組むと、短いスカートから白い太ももがのぞいて、一瞬《いっしゅん》くらくらする。なんだかうまく頭が回らない。

「ねえ、孝之君」

ハルカ先輩が、俺の腕《うで》に腕を絡《から》めてきた。胸《むね》が当たる。

やばい。

「あ、いや、その……」

ダメだ。流されちゃいけない。いや、いいのか？　よくはないだろ。だって俺、この人のことなんにも知らない。でも。うわ。近い。柔《やわ》らかい。温かい。もうどうにでもなれと思いそうになる。

だけど……。

ハルカ先輩《せんぱい》の顔が迫《せま》り、吐息《といき》が俺《おれ》の喉仏《のどぼとけ》にかかったとき。

すうっと、何かが冷めた。

至近距離《しきんきょり》で俺を見つめる、ハルカ先輩。

なんか、いろいろ見える。

何かを塗《ぬ》って不自然に束になってるまつ毛とか、頬《ほお》の毛穴《けあな》とか、顎《あご》の白ニキビとか、これまでは気にならなかった、いろいろ。

どうしよう。全くムラムラしない。

全身を毛虫が這《は》い上《あ》がるような、嫌《いや》な感じ。

「ねえ、いいでしょ」

だけど、ハルカ先輩は全く気づかず、俺に覆《おお》いかぶさるように前のめりになると、ベッドに手をついた。ギシ、と音が鳴る。俺は身体《からだ》を硬直《こうちょく》させる。

長い髪《かみ》が、俺の胸元《むなもと》に落ちる。香水《こうすい》か何か、人工的な甘《あま》い匂《にお》いがする。

先輩の開襟《かいきん》シャツの襟元《えりもと》に、淡《あわ》いピンクのレースがちらりと見えた。

その瞬間《しゅんかん》。

キモチワルイ。

猛烈《もうれつ》な拒絶反応《きょぜつはんのう》に襲《おそ》われ、気づけば俺《おれ》は、床《ゆか》にうずくまり、嘔吐《おうと》していた。

「げえっ……！」

「わ、うそ。大丈夫《だいじょうぶ》!?」

先輩《せんぱい》は慌《あわ》てて俺の肩《かた》に触《さわ》ろうとする。だけど、

「触《さわ》るな!!」

思ったより大きな声が出た。酸《す》っぱい胃液《いえき》が喉《のど》に引っかかり、激《はげ》しくせき込《こ》む。

ハルカ先輩は動転した様子で、

「あ、えっと、水？　水持ってこようか？」

なんて言う。オロオロする姿《すがた》が、ものすごく目障《めざわ》りに感じる。

「先輩、あの」

「何？」

俺《おれ》は脂汗《あぶらあせ》を流しながら、でもキッパリと、告《つ》げた。

「すみません。帰ってください」

先輩《せんぱい》と、「そういうこと」は、したくない。

＊

俺が吐《は》いたと聞いて、おかんは飛んで帰ってきた。

夜の十時。

少し前までハルカ先輩が座《すわ》ってたベッドに、おかんと並《なら》んで腰《こし》かける俺。

「まさか自分が襲《おそ》われそうになるとは思わなかった」

もう笑うしかなくて、そうこぼす。

おかんは俺の頭をぐしゃぐしゃやった。やめろよ。

「あんたは正しかったよ」

そう言われ、俺はぐっと唇《くちびる》を噛《か》む。

「嫌《いや》なときに嫌って言えるのは大事。性別《せいべつ》関係なくね」

「ん……」

少しだけ間を置いて、おかんは尋《たず》ねた。

「したかった？」

「いや……わかんない」

本音を言うと、ちょっとしてみたかったかもしれない。

そりゃ興味《きょうみ》はある。美人で巨乳《きょにゅう》の先輩《せんぱい》に誘《さそ》われるなんて、それがフィクションなら、憧《あこが》れのシチュエーションだろう。

だけど、実際《じっさい》あんなふうに、無理やり迫《せま》られたりしたら。

気持ち悪くて。

拒否感《きょひかん》と嫌悪感《けんおかん》と恐怖《きょうふ》でめちゃくちゃになった。

「そっか」

おかんは手を後ろにつき、足を伸《の》ばした。

「好きな人と触《ふ》れ合《あ》うのは、実際素敵《じっさいすてき》なことなんだよ。めちゃくちゃ気持ちいいし、幸せなこと。だからあんたが生まれたわけだしね」

おかんが言うことも、本当なんだろうと思う。

でもやっぱ難《むずか》しいよ。

生命をつなぐ尊《とうと》い行為《こうい》だってわかってるけど、じゃあなんでこんな後ろ暗いんだろう。

素敵《すてき》なことなら、どうして恥《はじ》とか思うんだろう。

茶化したり、隠《かく》したりして、いつだってまっすぐ語れない。

「そりゃあんたたちもかわいそうだよな。大人はきちんと教えてくれないのに、何かあったら自業自得《じごうじとく》みたいに言われてさ」

「…………」

アダムとイブは、あの実を食べた後、どう思ったのかな。

こんなはずじゃなかったって、後悔《こうかい》しただろうか。

無垢《むく》だったころに戻《もど》りたいって？

でも戻れはしない。生きていくってことは、たぶん本質的《ほんしつてき》に、汚《きたな》いことだから。

美味《おい》しいけどわずかに毒《どく》だとか。綺麗《きれい》に見えて実はみっともないとか。

そういうことだらけなのかもしれない。

そういうのを併《あわ》せ呑《の》んで、大人になっていくんだろうか。

「セックスは悪いことじゃないよ。でも責任《せきにん》が伴《ともな》う。どちらか片方《かたほう》でも準備《じゅんび》が整わないうちは、やるべきじゃない。お互《たが》いを大切にできないなら、それは暴力《ぼうりょく》でしかないからね」

「ん」

俺《おれ》はうなずいた。

『嫌《いや》よ嫌よも好きのうち』なんて言うけど、違《ちが》うからね。『嫌なものは嫌』なの。それ以外はないからね」

「ん……」

俺はなんか、初めておかんのことを尊敬《そんけい》した。

＊

翌日《よくじつ》の金曜は、体調不良ってことにして休んだ。

昼まで寝込《ねこ》んで、嫌な夢《ゆめ》をたくさん見た。そして目が覚めたとき、待ってたみたいなタイミングでスマホがふるえる。

〈グループに招待《しょうたい》されています〉

ん？　どういうこと？

まだぼんやりする頭で目を細めていると、急に着信。慌《あわ》てて出ると、悠太だった。

「もしもし。悠太？」

『あ、孝之？　どしたの。大丈夫《だいじょうぶ》か』

「ああ、うん。ちょっと体調悪かっただけ。今昼休み？」

『そう。男子トイレの個室《こしつ》にいんの。ウケるだろ。ひひ』

相変わらず子どもっぽいけど、なんか妙《みょう》に安心する。

この数日のゴタゴタが嘘《うそ》みたいに思えて。

『先生に見つかるとまずいから手短に話すな』

「おう」

悠太はそこで、一拍《ぱく》置いて、

『今さあ、土岐といるんだけど』

『バカ、俺《おれ》の名前出すなって』

土岐？　土岐もそこにいるのか？

なんか急にそわそわする。ほぼ一週間口をきかなかったから。

悠太はだけど、空気も読まず、早口で言った。

『土岐さあ、お前のことが心配なんだってよ。なんか気にしてんのかなとか言って』

『そんなんじゃないから』

『えー？　もうわからん。土岐がしゃべって』

もみあうような音の後、電話口から、土岐の声がした。

『……あのさ』

まだちょっと気まずさの残る、低い声。

「うん」

『クラスＬＩＮＥ《ライン》のさ。例の噂《うわさ》？　とか、その……みんなに言って、削除《さくじょ》してもらったから』

「え」

『改めて招待《しょうたい》しといたし、その、よかったらお前も入れよ』

俺《おれ》は強く唇《くちびる》を噛《か》んだ。

そうしないと、なんか、泣きそうだったから。

『おーい、藤？　聞いてる？』

「き、聞いてる」

息をつき、伝える。

「土岐、ありがとう。ごめんな」

『……いいよ』

土岐がちょっとだけ笑ったのがわかった。

ん、と、土岐が悠太にスマホを返す。

悠太が言った。

『ってことらしい。来週は来る？』

「うん。行くよ」

『そっか。あ、数学の宿題、タブレットに届《とど》いてるやつ間違《まちが》いだから。後で送り直すから解《と》くなって、シバセンが』

「わかった」

俺《おれ》はうなずく。

じゃあなって言おうとして、俺はそこでようやく気づいた。

「悠太」

『ん？』

「お前、声変わりした?」

悠太は一瞬《いっしゅん》押《お》し黙《だま》り、

『今さらかよ!』

と言って、げらげら笑った。

俺《おれ》も笑った。土岐も笑った。


来週、学校に着いたら、本当のことを言おう。

そしてみんなに笑い飛ばしてもらおう。

天川栄人《てんかわえいと》

岡山県生まれ。京都大学総合人間学部卒業、京都大学大学院人間・環境学研究科修士課程修了。第9回集英社みらい文庫大賞にて大賞受賞、『おにのまつり』（講談社）で第9回児童ペン賞「少年小説賞」受賞、『セントエルモの光 久閑野高校天文部の、春と夏』『アンドロメダの涙 久閑野高校天文部の、秋と冬』（講談社）で第48回日本児童文芸家協会賞を受賞した。その他の作品に、「花仙国伝」シリーズ（角川ビーンズ文庫）、「悪魔のパズル」シリーズ（集英社みらい文庫）、「毒舌執事とシンデレラ」シリーズ（講談社青い鳥文庫）などがある。

あるいは誰《だれ》かのユーウツ

2024年6月24日　第1刷発行

著者――――――天川栄人《てんかわえいと》
装画――――――カシワイ
装丁――――――大岡喜直(next door design)
発行者―――――森田浩章
発行所―――――株式会社講談社
〒112-8001
東京都文京区音羽2-12-21
電話　編集　03-5395-3536
販売　03-5395-3625
業務　03-5395-3615

カバー・表紙印刷―共同印刷株式会社
本文印刷――――株式会社ＫＰＳプロダクツ
製本所―――――大口製本印刷株式会社
本文データ制作――講談社デジタル製作

N.D.C. 913　218p　20cm　ISBN978-4-06-535712-5

この作品は書き下ろしです。

天川栄人の本

セントエルモの光

久閑野《くがの》高校天文部の、春と夏

地方高校の天文部を舞台に、人間関係に悩む
高校生たちの青春を描く！

高１の安斎《あんざい》えるもはこの春、３年ぶりに地元に戻ってきた。東京の生活でいろいろあって〝ボロボロ〟になっていたが、久閑野の星空に誘われるかのように天文部に入ることを決める。

しかし、天文部は変人の先輩が一人しかいない廃部寸前の状態——。

部の存続のため奔走するうち、えるもは元来の利発さと情熱を発揮するようになっていく。

●四六判／小学校上級・中学から
定価：本体1500円（税別）

第48回日本児童文芸家協会賞受賞作品
「クガコー天文部」シリーズ（全２巻）

アンドロメダの涙

久閑野高校天文部の、秋と冬

文化祭で上映するプラネタリウム製作をとおして、えるもたちは未来への夢を抱いていく！

11月の文化祭で、えるもたち天文部はプラネタリウムを上映することになった。サポート要員として、工業科２年の淳《じゅん》先輩を迎え、プラネタリウム作りを開始する。
文化祭の準備でてんわやんやの中、周囲から自分の進路について考えるように言われたえるもは、嵐《あら》士《し》先輩や淳先輩たちの進路選択を間近で見ながら、迷い悩む。

●四六判／小学校上級・中学から
定価：本体1600円（税別）

天川栄人の本

おにのまつり

５人の中学生たちの、心の解放を描く感動作！

第９回児童ペン賞「少年小説賞」受賞作。


毎年８月に岡山で行われる、よさこいの一種「うらじゃ」。

コーチ役として地域の踊り連への参加を頼まれた中３の由良《ゆら》あさひは、学校では関わることのなかった〝問題児〟ばかりの４人の同級生と出会う。

踊りの練習を重ね、温羅《うら》伝説について知るうち、５人は少しずつ理解し合い、それぞれの抱えるトラウマを乗り越えていく。

●四六版／小学上級・中学から
定価：本体1400円（税別）